# 오후 3시의 손님

시와소금 소설선 05

# 오후 3시의 손님

ⓒ정미자, 2023. printed in Seoul, Korea

초판 1쇄 인쇄  2023년 09월 11일
초판 1쇄 발행  2023년 09월 15일
지은이  정미자
펴낸이  임세한
펴낸곳  시와소금
디자인  유재미 정지은

출판등록  2014년 1월 28일 제424호
발행처  강원 춘천시 충혼길20번길 4, 1층 (우-24436)
편집·인쇄  서울시 중구 퇴계로50길 43-7 (우-04618)
전화  (033)251-1195 / 휴대폰 010-5211-1195
전자주소  sisogum@hanmail.net
ISBN  979-11-6325-065-4  03810

값 14,000원

춘천문화재단

· 이 소설집은 2023년도 춘천문화재단 전문예술지원금으로 발간하였습니다.

시와소금 소설선 · 05

# 오후 3시의 손님

정미자 소설집

시와소금

소설을 쓰겠다는 나에게 딸이 물었습니다.

"소설을 왜 쓰는 거야?"

소설을 왜 쓰려하는지 깊이 생각해 보지 않아서 선뜻 대답하기가 어려웠습니다.

"아마도 하고 싶은 이야기를 직접 하는 것보다 다른 인물을 통해서 말하는 게 더 재미있고 설득력이 있다고나 할까? 내가 살짝 뒤로 숨을 수도 있고."

너무나 뻔한 이야기에 딸은 이해한다는 듯 고개를 끄덕였습니다. 그 흔하고 뻔한 말이 뱉어내어 놓고 보니, 정말로 나의 것이 되었습니다. 그런 소설을 써야겠다는 용기가 생겼습니다. 머릿속에 웅크리고 있던 캐릭터들이 소설을 쓰겠다고 하자 고개를 들기 시작했습니다. 처음에 그들을 쉽게 세상으로 불러낼 수 있을 줄 알았습니다. 하지만 열 줄도 못 쓰고 컴퓨터 화면만 뚫어져라 쳐다보기를 반복했습니다. 머릿속에 맴도는 상상의 세계에 너무 열중한 나머지 소설이 실제의 삶과 연관성도 떨어지고 개연성도 없는 이야기가 되기도 했습니다. 상상과 현실 속에서 계속 타협하고 수정해 나가다 보니 배는 산으로 가기도 하고 엉뚱한 결말이 만들어지기도 했습니다. 어떤 이야기는 A4 용지 7장을 써 놓고 통째로 날려 버렸습니다. 환호를 지를 만큼 멋진 결말은 정말 만들어지지 않았습니다.

마치 신의 계획대로 인간이 따라가 주지 않는 것처럼 소설 속 캐릭터도 의도대로 따라와 주지 않았습니다. 캐릭터가 스스로 변신하며 다른 길로 자꾸 튕겨 나갔습니다. 그렇게 쓰고 버리고 쓰고 버리고를 반복하다가 조금씩 배짱이 생기기 시작했습니다.

소설 쓰기는 내가 어떻게 살고 싶은가에 대해 좀 더 깊이 생각하는 계기가 되었습니다. 첫 소설집이라 부족한 점이 많습니다. 그래도 여기 상상의 이야기를 통해 아픈 현실을 살아가는 사람들을 대변하고, 그들에게 조금은 다른 삶의 방식과 용기를 전하고 싶었습니다.

정미자 단편소설

# 오후 3시의 손님

| 차례 |

# 오이지 스님

장 부자 집에 사내아이의 우렁찬 울음소리가 낮은 담을 넘어 동네 구석구석 울려 퍼져 나갔다.

"이웃에 덕을 많이 쌓았으니 대대손손 잘 살 거야. 십 년 만의 아들이잖아!"
"그럼, 그럼! 장 부자가 잘 살지 않으면 내가 옥황상제, 산신령, 아니 부처님에게 따질 걸세."
"그렇게 열심히 불공을 드리더니 드디어 기도가 이루어졌네! 그려."

마을 사람들은 자신의 아이가 탄생한 것처럼 함께 기뻐해 주었다. 기다린 끝에 얻은 아들이라 장 부자는 너무 기뻤다. 자신의 힘든 삶이 비로소 보상받은 듯했다. 장 부자는 며칠 동안 동네잔치를 벌였다. 주지 스님은 아기 이름을 지어 오셨다.

"영화(榮華)라는 이름을 지어왔네. 세상의 빛이 되는 의미일세."
"영화! 너무 좋습니다. 스님, 제게도 이런 날이 오네요. 세상을 비추는 사람으로 살아주면 좋겠습니다."

영화는 잘 울지도 않았고, 아주 순했다. 웃을 때는 눈이 초승
달 모양으로 마치 부처님 미소를 닮았다고 아기 부처라는 별명
이 붙었다.

장 부자라고 불리는 영화 아버지는 처음부터 부모덕으로 부자
가 된 것은 아니었다. 일찌감치 부모를 여의고 혼자 떠돌이로 살
아왔다. 이집 저집 오가며 담, 지붕, 연장을 고쳐 주고 하루하
루 연명하며 사는 처지였다. 태생이 착한지 품삯도 주는 대로 받
고 주지 않으면 또 그런대로 이유가 있겠거니 하고 밥 한 끼 얻
어먹고 마는 사람이었다. 더러는 이런 장 씨를 이용하기도 했지
만, 성실히 일하는 그를 대부분은 올바른 가격으로 일을 시켰다.
때로 품삯이 좀 많다 싶으면 도로 돌려주기도 했다. 일이 없을
때는 산속에 있는 절에 들러 여기저기 손을 봐주고 한 끼 밥을
얻어먹는 것이 유일한 사치라면 사치였다. 장 씨의 일솜씨를 눈
여겨보았던 주지 스님이 어느 날 장 씨를 불렀다.

"장 씨, 조그만 암자를 새로 한 채 지으려는데 힘 좀 빌어 주시
게나. 나와 둘이 지어 봅시다. 내 품삯도 많이 주지는 못할 것 같
으이. 하루 세끼와 거처할 곳은 마련해 주겠네."

"네. 시켜만 주시면 저야 너무 감사한 일입니다."

장 씨는 연신 머리를 조아리며 스님의 제안에 흥분한 듯 잘 웃
지도 않은 얼굴에 환한 웃음을 감추지 못했다.

"장 씨, 이참에 여기서 공부나 좀 해 보는 게 어떤가?"

스님은 내친김에 그를 완전히 눌러앉게 하고 싶었다.

"아이고 스님, 말씀만이라도 감사합니다. 스님도 체질에 맞아야 하는 겁니다. 저는 글렀어요."
"스님 되는데 체질이 뭐가 필요한가? 여기서 살면서 염불만 열심히 하면 되는 거지. 그도 아니면 세월을 무시하고 살면 된다네."

장 씨는 사실 스님이 되고 싶었다. 하지만 가만히 앉아있어야 한다는 것은 생각만 해도 다리가 저리는 일이었다. 그는 온종일 밖에서 놀아야 마음이 편한 사람이었다. 스님이 되는 것은 포기했지만 마음속에 항상 부처님을 모시고 살아왔다. 스님이 절을 함께 지어 보자는 제안에 그는 절 근처, 아예 절에서 몇 달을 살 수 있다는 생각에 마치 부처님의 제자가 된 듯 뿌듯하고 설레기까지 했다. 장 씨는 이렇게 절 일을 시작하며 절 식구가 된 지 3년이 지나면서 신수도 훤해졌다. 주지 스님은 장 씨의 사람 됨됨이에 혼담을 주선하기로 했다.

"장 씨, 올해 몇 살이나 되었나? 내 중매를 서 볼까 하는데."
"말씀은 고맙지만 제가 무슨 장가를 가겠습니까? 벌어 놓은 것도 없고 안 사람 고생만 시킬 위인입니다."

"살림은 함께해야 늘어나는 법이야. 장가를 들게나, 이번에."

딱히 여성관이랄 것도 없는 장 씨는 비천한 자신에게 시집와 주는 사람이 있을까 반신반의할 뿐이었다. 장 씨는 스님의 의견에 반대할 의사도 그렇다고 좋다고 찬성할 의지도 없었다.

"자네도 몇 번 본 처자야. 매달 쌀가마니를 보시하러 오시는 신 보살님, 자네도 알지? 그때 함께 오는 처자 말일세. 다리를 조금 저는..."

장 씨도 알고 있었다. 다리를 좀 많이 절어서 보따리를 머리에 이고 절 문을 들어설 때는 안쓰러운 마음에 뛰어나가서 보따리를 받아주기도 했었다. 그녀는 어릴 때 나무에 올랐다가 떨어져서 다리가 부러졌다고 했다. 주인집 아들이 감을 따달라고 보채서 감나무에 올랐다가 떨어졌는데 쫓겨날까 쉬쉬하다가 영영 절름발이 신세가 되었다고 했다.

스님과 절 식구들에 떠밀려 스님의 주례로 조촐한 결혼식을 올렸다. 거처는 산 밑자락에 있는 허름한 움막을 장 씨가 직접 고쳐서 사용하기로 했다. 장 씨 부인은 우렁이 각시였다. 어디서 찬거리를 구해 왔는지 매일 밥이나 감자, 고구마 등을 오이지와 함께 상에 곱상하게 차려 냈다. 장 씨는 투박한 박 바가지에 이것저것 넣고 비비적거려 숟가락 하나로 후딱 먹어 치워 왔었다. 그나마 절에 들어오면서 하루 세끼지 그전에는 하루 두 끼도 못 먹을 때가 있었다. 그런 밥상을 받은 일이 없었던 장 씨는 부인 덕에 자신이 귀한 사람이 된 것 같았다. 특히 부인의 오이지 담그는 솜씨는 일품이었다. 주로 밖에서 일을 많이 하는 장 씨에게 오이가 나는 봄부터 늦가을까지는 오이지 하나로 밥 한 그릇을 비울 만큼 오이지는 장 씨가 제일 좋아하는 음식이 되었다. 다른 작물들에 비해 오이는 봄에 심어서 가을까지 수확할 수 있는 유일한 것이었다. 장 씨 부인에게도 가장 만만한 음식이면서, 오이로 갖은 솜씨를 부릴 수 있는 뒷심 같은 것이었다.

장 씨는 부인을 위해서 좀 더 잘 살고 싶은 욕심이 생기기 시작했다. 오이지 맛을 마을 사람들에게 보여 주었다. 모두 품삯을 주며 오이지를 담아달라고 했고, 장 씨는 다음 해 밭을 빌려 오이를 많이 심고 오이지를 대량으로 담아 팔기 시작했다. 돈에 눈을 뜨니 숨은 장사 능력이 드러났다. 이것저것 돈이 되는 것은 무엇이든지 주워 오고 만들어 팔기 시작했다. 손재주가 좋아서 그런지 만드는 것마다 잘 팔려나갔다. 내외는 열심히 일했다. 일꾼들도 두고 화려하진 않지만, 부유한 생활을 즐기게 되었다. 그리고 10년 만에 드디어 귀하디귀한 아들을 얻었다.

영화는 두 살이 지나 밥을 먹기 시작할 때부터 오이지가 없으면 밥을 먹지 않겠다고 고집을 부렸다. 영화가 또렷하게 말을 할 때는 이때뿐이었다.

"오이지~, 오이지~"

사람들은 그를 바보라고 했다. 그와 대화하기 위해서는 인내심을 가지고 기다려 주거나 눈을 맞추고 의미를 파악해야 했다. 하지만 모두 답답해서 이내 포기하고 자리를 떴다. 영화와 지그시 눈을 맞추고 기다려 주는 사람은 어머니뿐이었다.

"아가, 오이지가 그렇게 좋아?"

영화가 오이지를 코에 갖다 대고 잇몸을 드러내며 웃었다. 그리고 어머니의 손을 잡고 또 코에다 갖다 대고 웃었다.

"어미 손은 맨날 오이지 냄새만 나는데 뭐가 그리 좋을까?"

영화는 오이지라는 말이 나오면 약간 몸을 미세하게 떨었다. 마치 오줌이 마려울 때 몸을 살짝 떠는 정도였다. 그때마다 얼굴은 더 밝아지고 부드러워졌다. 한번은 일꾼 한 명이 그를 놀리고 싶었다.

"도련님, 오늘 점심은 오이지가 없어요."

영화는 웃으며 무슨 말을 하려는 듯 입술을 살짝 움직였지만 이내 닫아 버렸다. 하인이 영화의 반응을 기다리지 못하고 먼저 말을 이어갔기 때문이었다.

"무슨 말이라도 좀 해 봐요. 그렇게 웃고만 있으면 어떻게 해요? 오이지 없으면 맨밥으로라도 먹을 건가?"

영화는 그냥 그 하인의 눈을 쳐다만 보았다. 하인은 눈을 돌렸다. 매사가 이런 식이었다. 영화가 물끄러미 바라보면 대부분 사람은 먼저 눈을 돌렸다. 어떤 사람들은 용기를 내어 눈싸움하듯 한참을 바라보기도 하지만 영화가 초승달 같은 미소를 지으면 이내 같이 웃고 말았다.

"에이, 쳐다보지 마요. 오이지 있어요. 암만. 오이지 없으면 마님에게 혼쭐이 나지. 장난 좀 친걸."

영화는 오이지만 있으면, 아니 오이지 냄새만 있으면 어머니 생각을 하는지 잠도 잘 잤다. 열이 펄펄 끓다가도 오이지만 먹으면 거뜬히 나았다. 사람들은 그런 그를 '오이지 도련님'이라고 부르기도 했다.

장 씨 부부는 영화가 걱정되기 시작했다. 영화가 다른 아이들과 뭔가 조금 달랐고 아주 느리고 그 나이 또래의 아이들만큼 영특하지 않다는 것이었다. 영화는 다른 아이들보다 말이 많이 늦었다. 아니 말을 거의 하지 않는다는 것을 사람들은 깨닫기 시작했다. 그렇다고 말을 아예 하지 않는 것은 아니었다. 인내심을 가지고 기다려 주면 그의 말을 들을 수는 있었다. 하지만 사람들은 기다려 줄 시간이 없었다. 장 씨는 수심에 잠겼다.

"임자, 우리 아들이 좀 이상하지 않은가?"

"좀 늦기는 해도⋯. 아직 어리니 너무 걱정하지 마세요."

장 씨 부인은 애써 걱정을 감추며 장 씨를 안심시켰다. 하지만 장 씨는 어린 영화를 보면 즐거움보다는 걱정이 앞서기 시작했다. 늘그막에 얻은 아들이라 더 기대가 컸다. 장 씨는 오랜 노동 끝에 몸이 쇠한 데다, 영화에 대한 걱정으로 병을 얻었다. 영화가 일곱 살을 겨우 지날 무렵 장 씨는 이 세상을 떠났다. 과부가 된 장 씨 부인은 더 열심히 일했다. 아들의 미래를 위해 더 많은 재산을 모아야 한다는 생각에 밤낮으로 오이지 담그는 일에 매달렸다. 잘할 수 있는 일이라고는 오직 오이지 담그는 일이었다.

장 씨 부인은 영화가 아장아장 걷기 시작하고 밥을 먹기 시작할 때부터 데리고 다니며 오이지 담는 것을 지켜보게 했다. 오이지가 잘 익었을 때는 영화에게 맛을 보여 주기도 했고 냄새를 맡아 보게 했다.

"맛을 보려무나. 짠맛이라고 다 같지는 않단다. 잘 숙성되었을 때는 이렇게 상큼한 신맛이 나기도 하지."

영화는 어머니가 눈을 맞추며 오이지 맛을 보게 하고 냄새를 맡게 하는 것이 즐거웠다.

"오이지는 말도 알아듣는단다. 좋은 말을 하면 뽀글뽀글 거품으로 대답도 해. 한번 말해 볼래?"

영화는 고개를 끄덕이며 항아리 속 오이지를 보며 웃었다. 영화가 제일 잘하는 것이 바로 상대방에게 웃는 것이다. 그러면 모든 것이 수월하게 된다는 것을 어린 나이에도 터득하고 있었다.

"영화야⋯. 오이지야! 라고, 천천히 사랑하는 마음으로 불러 볼래?"

오이지라는 말도 영화가 가장 많이 하고 잘하는 말이기도 했다.

"오~이~지~야"

영화는 천천히 온 마음을 다해서 불렀다. 영화는 오이지에게 크게 웃어 주었다. 오이지 항아리에서 거품이 뽀글뽀글 올라왔다. 오이지 항아리는 영화가 아무리 느리게 말을 해도 기다려 주었다. 영화는 태어나 두 살 무렵부터 약 7, 8년을 오이지 맛을 보고 냄새를 맡으며 살았다. 특히 장 씨가 저세상으로 간 뒤부터는 장 씨 부인은 영화에게 직접 오이지 담그는 방법을 가르쳤다.

"영화야! 한 가지 정도는 잘하는 것이 있어야 해. 그래야 밥은 먹고 산단다."

어린 나이지만 영화의 오이지 담는 솜씨가 어머니를 닮아가고 있었다. 장 씨 부인은 남편이 떠난 지 이 년을 못 넘기고 몸져눕게 되었다.

"이 일을 어쩌면 좋단 말인가? 영화에게 아직 내가 필요한데. 부처님도 무심하시지!"
"아니, 저렇게 열심히 살았는데 왜 이런 일이 생긴 거야?"
"그러게, 말이야. 동네에서 장 부자 덕 안 본 사람 아마 없을 걸. 불쌍해서 어쩌나."

모두 제 집안일인 것처럼 안타까워했다. 영화가 열 살이 되었을 때 장 씨 부인은 더 이상 회복의 기미가 없었다. 집으로 찾아온 주지 스님에게 장 씨 부인은 오래 담아둔 결심을 전했다.

"스님, 아무래도 저는 오래 살지 못할 것 같습니다. 부디 부족한 제 아들을 거두어 주시고 스님 제자로 삼아 주십시오. 그 아이는 오이지만 주면 좋아합니다. 그저 삼시 세끼 오이지를 먹여 주십시오. 저의 모든 재산을 스님 손에 맡깁니다."

장 씨 부인은 영화를 안타깝게 바라보았다. 어머니와 헤어지는 것을 알고 있는 듯 영화의 두 눈 가득 눈물이 고였다. 장 씨 부인은 어린 영화 손을 잡았다.

"영화야. 어미는 이제 영화 옆에 없지만, 스님이 계시니, 걱정 말거라."

영화는 어머니를 한없이 쳐다보았다. 어머니의 말을 알아들은 것인지 조용히 어머니의 손을 들고 제 코에 갖다 대었다. 그리고 깊은 심호흡으로 어머니 손에서 나는 오이지 냄새를 들여 마셨다. 어머니 냄새를 기억하려는 듯 마시고 또 마셨다.

"스님을 따라가서 너도 스님이 되었으면 한단다. 우리 영화는 꼭 그렇게 되겠지. 그렇지!"

장 씨 부인은 다짐하듯 영화의 손을 잡고 마지막 순간까지도 놓치지 않으려 애쓰고 있었다. 붉은 노을이 창을 통해 들어와 장 씨 부인의 얼굴이 살아 있는 것처럼 불그스름하게 비추었다. 어머니를 바라보는 영화의 눈도 온통 붉게 물들어 있었다. 심호흡 하며 한동안 냄새를 맡고 있던 영화가 어머니의 손을 내려놓았다. 영화의 붉은 눈물이 어머니의 손에 한두 방울 떨어졌다.

어머니가 돌아가신 후 영화는 오이지 항아리 옆에서 며칠을 지냈다. 마을 사람들도 어린 영화를 보며 마음 아파했다.

"어미 생각이 나는 게지. 그러니 오이지 항아리 옆에만 있는 거야. 오이지 냄새가 어미 냄새니까."

주지 스님이 영화를 데리러 왔다.

"영화야, 이제는 어머니가 네 옆에 안 계신단다. 나와 함께 살아야 하는데 괜찮겠느냐?"

영화는 초승달 같은 미소를 지으며 오이지 항아리를 가리켰다.

"오이지!"
"그럼, 그럼. 오이지 많이 가져갈 거란다."

영화와 스님이 그 마을을 벗어나 절로 갈 때 오이지 항아리를 실은 마차가 몇 대 따라갔다.

"아이고, 어쩌나! 잘 자랐으면 좋겠네! 그려."
"아직도 어린데, 어미 없이 어떻게 살 건가!"

동네 사람들이 모두 나와 마을을 떠나는 영화를 배웅하며 눈물을 훔쳤다. 그 후로 사람들의 기억에서 오이지 도련님은 서서히 지워졌고 마을에 그런 슬픈 일이 있었는지 아는 사람도 말하는 사람도 없었다.

이십 년은 족히 흘렀다.

"법미 스님! 또 왜 그러세요? 냄새가 별로예요? 뭐가 달라요? 난 모르겠는데. 그 냄새가 그 냄새지. 뭐가 다르다는 거야."

법미 스님은 한 시간째 오이지 항아리 옆에서 킁킁거리고 있었다. 머리를 앞뒤로 흔드는 스님 눈에 눈물까지 고여 있었다. 법미 스님은 오이지를 담글 때마다 밤을 지새웠다. 오이지 맛이 마음에 들지 않으면 마치 소중한 무엇인가를 잃어버린 듯 안절부절못했다. 어찌할 바를 몰라 화를 내기도 했다. 오이지에 원하는 맛과 향이 배었다 싶으면 그제야 오이지 항아리 옆에서 가슴에 손을 얹고 깊은 잠에 빠져들었다.

주지 스님과 영화가 마을 절을 떠나 더 깊은 산중으로 옮겨 갔을 때 주지 스님은 오이지 담는 터를 따로 만들었다. 영화 어머니와의 약속을 꼭 지키고 싶었다. 처음에는 주지 스님이 오이지를 담았다. 하지만 영화는 주지 스님이 주는 오이지는 먹지 않았다. 주지 스님은 화가 나서 영화에게 윽박지르고 야단도 쳤지만, 소용이 없었다.

"그럼, 네가 한 번 만들어 보거라."

영화는 말없이 오이지 항아리 뚜껑을 열고 킁킁거리며 냄새를 맡았다. 몇 날 며칠을 오이지 항아리 창고에서 살았다. 그리고 마침내 만족스러운 냄새를 찾았는지 소리를 질렀다. 마치 잃어버린 귀한 무엇인가를 찾은 것처럼!

"오이지!"

주지 스님도 한 입 베어 물었다. 맛이 달랐다. 확실히 더 깊은 맛이 났다. 그날 이후 영화의 오이지 창고에 주지 스님은 발을 들이지 않았다. 그때부터 영화 혼자 사찰의 오이지를 담기 시작했다. 영화는 오직 오이지 담는 일을 열심히 하였고, 최고의 오이지를 만들어 냈다.

"확실히 법미 스님의 오이지는 최상품이야."
"어떻게 매번 같은 냄새를 알아내고, 맛을 알아내는 것일까? 신기해."

오이지는 그 절의 명물이 되었고 오이지를 맛보기 위해 절에 오는 사람들도 생겼다.

주지 스님은 영화에게 법미(滋味)라는 법명을 주었다. 오이지 맛을 최상으로 내기 위한 노력이 영화에게는 곧 불법을 이루는 것이라는 생각을 했기 때문이었다. 주지 스님은 어디를 가든지 법미 스님을 대동하고 다녔다. 방에서 명상할 때도 늘 곁에 두었다. 법미 스님은 예불 시간에 항상 주지 스님 뒤 첫 줄 왼쪽에 앉아 있었다. 주지 스님이 고개를 돌리지 않고 눈만 돌려도 가장 잘 보이는 곳이었다. 예불 시간에는 조는 법도 없었다. 꼿꼿이 몇 시간이라도 견딜 수 있는 사람은 오직 법미 스님뿐이었다. 주지 스님이 선방에서 좌선하고 앉았을 때 법미 스님도 함께 들어갔다. 밖에서는 법미 스님의 방이 보이지 않았다. 법미 스님의 방으로 가기 위해서는 주지 스님의 방을 지나 문 옆에 있는 작은 문을 열고 들어가야 했다. 그 방에서 함께 좌선하는지 누워 있는지 밖에서는 알 수가 없었다.

주지 스님이 계실 때는 행자 스님들도 감히 법미 스님 가까이 가는 것은 불가능했다. 주지 스님이 방에서 나오면 법미 스님도 함께 나왔다. 말 그대로 주지 스님의 그림자였다. 행자 스님들은 주지 스님이 법미 스님과 함께 있지 않을 때 말이라도 한 번 붙여 보려고 조바심을 냈다. 쉽지 않았다. 운 좋게 어쩌다 한두 마디 말을 건네면 법미 스님은 알아들은 건지 못 알아들은 건지 미소만 지을 뿐이었다. 법미 스님의 선방 앞에는 항상 한 말씀을 받기 위해 온 신참 행자 스님들이 몰래 찾아와 염탐하곤 했다. 주지 스님의 호통으로 염탐하던 행자 스님들은 혼비백산 달아나기 일쑤였다. 밖이 아무리 시끄러워도 법미 스님은 미동도 하지 않고 선방에 앉아있었다. 하지만 식사 때가 되면 으레 "오이지!"라는 소리가 들리곤 했다. 법미 스님에 대한 궁금증은 점점 커져만 갔다.

어쩌다, 아주 가끔 주지 스님께서 법미 스님을 대동하지 않고 출타하게 되면 행자 스님들이 법미 스님의 선방으로 들어가려고 야단법석이었다. 선방에서 나오는 사람들의 행동이 각양각색이었다. 이해가 가지 않는다는 표정, 감동한 얼굴, 어깨를 으쓱하거나 투덜거리는 등 매번 달랐다. 그래도 대부분은 웃으며 선방에서 나왔다. 잔뜩 벼르고 들어갔던 행자 스님들도 법미 스님이 눈을 마주치며 웃어 줄 때면 송곳같이 날카로운 마음이 무디어지고 중화되어 버린 것을 나중에 깨닫고 피식 웃기까지 했다.

행자 스님 중 까칠하고 매사를 분명히 해야 성이 풀리는 분이 있었다. 마침내 법미 스님의 선방에 들어가는 기회를 얻었다. 은근히 잘난 척하는 이 스님은 법미 스님에 대해 다들 바보라고 수군거리는 것을 일찌감치 들어 알고 있었다. 그래서 이 사람 저 사람 말을 듣고 추측하기보다 직접 확인해 보고 싶었다. 선방에 들어가자마자 숨 돌릴 시간도 없이 다짜고짜로 가장 흔하지만 가장 어려운 질문을 먼저 던져서 떠보기로 했다. 주지 스님이 언제 오실지 모르니 서둘러야 했다.

"스님, 무엇이 부처입니까?"

미동도 하지 않고 말없이 앉아있는 법미 스님이 답답해서 행자 스님은 재차 물었다.

"법당 안에 계시는 분이십니까?"

그래도 법미 스님은 말이 없었다. 눈은 뜬 것인지 감은 것인지 초승달처럼 둥글게 뜨고, 입 꼬리는 살짝 감겨있었다. 부정인지 긍정인지 알 수 없는 미소만 지었다. 스님은 약간 초조해지기 시작했다. 혼자 계속 질문을 하고 대답하며 법미 스님의 표정을 살

폈다.

"여기 법당에 계시는 부처는 돌을 깎아 만든 것이 아닙니까? 그것이 진정 부처라고 할 수 있겠습니까? 그냥 돌일 뿐이지요? 그렇지 않습니까? 스님. 스님! 그럼 어떻게 하면 깨달음을 얻을 수 있을까요? 스님은 깨달음을 얻으셨습니까?"

행자 스님은 한참을 자신의 견해를 정신없이 이야기했다. 그런 행자 스님을 바라보며 법미 스님이 머리를 까닥까닥 흔들기 시작했다. 행자 스님은 자신도 모르게 법미 스님의 까닥거리는 박자에 맞추어 자신이 말하고 있는 것을 깨달았다. 행자 스님이 놀라서 말을 멈추었다. 법미 스님이 마치 다 이해한다는 표정을 지으며 일어났다. 그리고 크게 말했다.

"오이지"

그때 점심을 알리는 종이 울렸다. 법미 스님이 선방을 먼저 나갔다. 행자 스님은 비틀거리며 일어났다. 다른 행자 스님들이 방으로 뛰어 들어왔을 때 그는 법미 스님이 나간 쪽을 향해 머리를 바닥에 조아리고 있었다.

"스님, 감사합니다. 감사합니다. 스님의 말씀은 제게 깨달음을 주었습니다."

"행자 스님! 무슨 일이 있었던 거예요? 법미 스님이 바보 아니었나요?"

얼굴이 불그스레해지고 약간은 넋이 나간 행자 스님이 털썩 주저앉았다.

"좀 어지럽습니다. 큰 징 소리를 들었거든요. 아직도 귀가 윙윙거립니다."

"이전에 법미 스님께서 '오이지!' 라고 할 때는 그냥 짠 오이지인 줄 알았습니다. 하지만 오늘 깨달았습니다. 그 '오이지' 는 단순한 오이지가 아니었어요. 오이지는 진리이고 궁극의 지혜입니다. 우리가 무엇을 물어보면 스님께서 왜 오이지라고만 하는지 오늘에야 비로소 깨달았습니다. 오이지라는 말 이외에 무슨 말이 더 필요하셨겠습니까!"

그 행자 스님은 깨달음을 얻은 듯 황홀한 표정으로 선방을 나갔다.

법미 스님이 더 유명해진 일이 있었다. 탑돌이 할 때 사람들은 탑을 돌지 않았다. 법미 스님을 돌고 있었다고 했다. 법미 스님은 탑 옆에 서서 초승달 같은 미소로 사람들을 바라보며 웃어 주었다. 법미 스님의 미소는 바보같이 헤실거리는 것이 아니라 정말 사람들에게 사랑받고 있다는 느낌이 들게 하고 위로를 주는 미소였다. 사람들은 스님 앞을 지나갈 때마다 그에게 웃으며 합장했다. 법미 스님도 수십 번 아니 수백 번 이상을 절을 하며 미소 지었다. 달빛 어린 탑도 따라 웃고 있었다. 날이 갈수록 법미 스님에게는 많은 수식어가 따라붙었다. '바보 같은', '부처님 같은', '아이 같은', '오이지 냄새나는' 스님이었다가, 이내 '오이지 스님', '초승달 스님', '바보 스님' 같은 친근한 별명으로 불리게 되었다.

법미 스님에 대한 이런저런 소문 때문에 주지 스님은 마음을 졸인 적이 많았다. 그래도 나쁜 말보다는 좋은 말이 더 많아서 그나마 안심이 되었다. 어쨌든 절을 찾는 발길이 끊이질 않고 많은 사람이 깨달음을 얻어 갔기 때문에 법미 스님이 내심 기특하기도 했다. 법미 스님에 대한 소문이 꼬리를 물고 바람 따라 이 마을 저 마을로 퍼져나갔다. 전국 각지에서 법미 스님의 선문답을 받기 위해 많은 사람이 몰려왔고 덩달아 주지 스님의 명성도 함께 높아져 있었다. 신도들도 많아지고 공부하고자 들어오는 행자 스님들도 눈에 띄게 늘어갔다. 하지만 실망하고 가는 사람들도 적지 않았다. 웃기만 하며 '오이지!' 를 연발하는 법미 스님을 보고는 발길을 돌렸다.

어느 날 그 지역에서 종교 대회가 열리게 되었다. 서로 다른 종교 신자들끼리 다툼이 발생한 사건 때문에 각 종교의 대표들이 모였다. 불교계에서는 그 지역에서 가장 영향력이 있는 주지 스님이 대표로 참석하게 되었다. 주지 스님은 늘 그러했듯이 법미 스님을 대동하고 길을 떠났다.

대회장 입구에는 각 종교의 우월성을 알리려 많은 사람이 모여들었다. 아침부터 현수막을 들고 좋은 자리를 차지하려고 서로 밀치는 이들도 있었다. 몸싸움도 불사할 것 같은 살벌함이 도사리고 있었다. 목청을 높이는 것도 부족한지 확성기를 사용하기도 했다. 합창단의 노래와 북, 꽹가리, 장구, 아쟁, 등 온갖 악기와 음악이 어지러이 뒤섞여 말 그대로 야단법석이었다. 종교 대회가 아니라 마치 축제장에 온 듯했다. 하지만 어딘가 냉한 기운이 서려 있었다. 언제라도 무슨 일이 터질 듯 긴장감이 감돌았다.

대회장 안에도 소란스럽기는 마찬가지였다. 서로 인사를 하며 마음을 여는 사람들도 있었지만, 적대시하며 서로 고함을 치는 이들도 있었다. 사회자는 한 사람 한 사람에게 말을 시키기도 힘겨워했다. 한 사람이 말을 잘못하면 다른 쪽이 득달같이 달려들어 지적하는가 하면, 여러 사람이 한꺼번에 제 주장만 앞세웠다. 사회자는 마침내 손을 놓고 말았다. 이 사람들을 어떻게 화합시키고 어떻게 회의를 끌어나가야 할지 막막했는지 서로 으르렁거리게 놔두어 버렸다. 아수라장이 된 듯 시끄러웠다.

주지 스님도 다른 사람들에 뒤질세라 열심히 불교계의 견해를 피력했다. 하지만 오직 한 사람, 법미 스님만 눈을 감고 머리를 꼿꼿이 들고 아무 말 없이 앉아있었다. 시간이 지나면서 열변을 토하던 사람들이 눈을 감고 한마디도 하지 않고 앉아만 있는 법미 스님을 힐끗힐끗 쳐다보며 궁금해 하기 시작했다.

"저 스님은 뭐야? 여기 왜 앉아있는 거야?"

"졸고 있는 것 같지는 않은데. 우리말을 듣고 있긴 한 거야?"

한 참석자가 법미 스님을 가리키며 음성을 높였다.

"어, 거기 스님? 스님도 한 말씀 하시지요?"

주위가 쥐 죽은 듯 일시에 조용해졌다. 모두 말없이 앉아있는 스님이 궁금하던 터라, 하던 말을 멈추고 일제히 법미 스님을 바라보았다. 주지 스님은 순간 겁이 났다. 법미 스님이 말을 해도 문제였다. 바보라고 치부해 버릴 것이 뻔하기 때문이었다. 그렇다고 말을 안 하면 더 큰 문제였다.

사실 여태껏 주지 스님은 법미 스님을 옆에 수족처럼 데리고 다녔을 뿐, 가르친 적이 없었다. 오이지만 주면 세상이 행복한 스님이었다. 처음에는 제자로 가르치기 위해서 무던히 노력도 했었다. 주지 스님 옆에 두고 좌선하는 법, 목탁 두드리는 법, 절하는 법 등 스님으로서 알아야 할 모든 행동거지를 가르쳤다. 그래도 몸으로 하는 것은 수 없는 반복을 통해 몸에 익히게 되니 제법 태가 나게 흉내를 잘 내기도 했다. 예불 시간에는 앉아서 졸기 일쑤여서 툭하면 대나무 회초리로 어깨를 맞았는데 언제부터인가 꾸벅거리지 않고 가부좌로 앉아서 잘 버티고 있었다. 나름 대나무 회초리를 맞지 않는 방법을 터득하고 꾸벅거리지 않고도 잘 요령을 배운 것이다. 하지만 불교 교리를 가르치는 것은 역부족이었다. 스님다운 스님으로 가르치기가 버거웠다. 기특한 것은 야단을 치고 회초리를 들어도 법미 스님은 미소로 답을 했다. 회초리를 들고 큰소리로 야단을 치는 주지 스님을 부끄럽게 만들었다. 심지어 법미 스님의 미소가 모든 것을 초월한 듯 신비롭게 느껴질 때도 있었다. 주지 스님은 마침내 가르치는 것을 포기할 수밖에 없었다.

이번은 달랐다. 법미 스님에게 말을 붙일 거라고 예상을 못 했다. 꼬투리라도 잡으면 벌 떼처럼 달려들 태세로 다들 귀를 쫑긋 세우고 눈을 부릅뜨고 법미 스님의 한마디를 기다리고 있었다. 말 한마디 잘 못 하면 온갖 비난을 받아야 할 뿐만 아니라 불교계에 큰 타격을 줄 수도 있는 것이다. 모든 눈과 귀가 법미 스님을 향했다. 주지 스님은 좌불안석이 되어 눈만이라도 떠 있으라고 법미 스님을 툭 쳤다.

"오이지!"

법미 스님은 벌떡 일어나 우렁차게 소리쳤다. 때는 이미 정오가 지났고 점심 먹을 시간이 훨씬 넘어있었다. 법미 스님은 줄곧 점심시간에 싸 가지고 온 오이지 먹을 생각만 하고 있었다. 그때 주지 스님이 툭 치는 바람에 점심시간이 된 줄 알고, 기쁜 마음에 "오이지"를 외치고 점심을 먹기 위해 벌떡 일어난 것이었다. 그 말을 들은 모든 종교계 인사들은 잠시 멍해졌다. 심각한 표정으로 서로를 바라보았다.

"오이지라고 했지요!"

"네. 먹는 오이지를 말하는 것 같은데요."

"맞습니다. 우리의 논쟁이 얼마나 부질없는 것인가를 꼬집은 것 같습니다."

모두 서로 수군거리며 왜 오이지라고 말했는지를 두고 또 열 띤 논쟁이 벌어졌다. 그때 한 사람이 손뼉을 치며 드디어 수수께 끼를 풀었다는 것을 자랑스럽게 떠들었다.

"오이지가 무엇입니까? 여름에 먹는 아주 짠 음식이지요. 그냥 은 먹지 못하지 않습니까? 짠물을 각자의 취향대로 우려내고 먹 습니다. 물에 타서 먹기도 하고, 무쳐서 먹기도 합니다."

또 다른 사람이 이제 알았다는 듯 소리쳤다.

"그렇습니다. 종교의 본질은 어쩌면 오이지의 짠맛일 수도 있 지 않을까요? 우리들의 논쟁이 소금을 얼마나 뺀 맛이냐에 관 한 어리석은 것일 수도 있습니다. 어쩌면 진리는 모든 것을 응축 해 놓은 오이지 같을 수도 있습니다. 우주의 모든 것, 과거 현재 미래까지도 모든 진리의 정수가 바로 오이지의 극한 짠맛이라는 의미가 되기도 합니다."

한 사람이 대단한 진리를 깨달은 사람처럼 얼굴이 상기되어 긴

연설을 했다. 또 다른 사람이 소리쳤다.

"오이지를 한자로 풀이하면 나, 당신, 모두를 뜻하는 오(吾), 어조사 이(而), 지혜지(智), 즉 만인의 지혜라는 뜻이 되기도 합니다. 모두가 옳을 수도 있다는 뜻이 아닐까요?"

"아! 오이지라는 말에 그런 심오한 말이 있군요."

"우리가 어리석었습니다."

"대단한 스님이십니다. 우리의 이런 대회가 얼마나 부질없는지 빗대어 말씀하셨군요."

모두 일어나서 기립 박수를 쳤다. 서로 으르렁거리며 언쟁을 벌이던 사람들이 미안하다고 악수하고 포옹하고 한바탕 화기애애한 분위기로 종교 대회를 마감하게 되었다.

법미 스님과 주지 스님은 그 모든 야단법석을 뒤로하고 조용한 개울가를 찾아 오이지로 점심을 먹었다. 주지 스님은 법미 스님을 바라보며 어린 시절의 영화를 떠올렸다. 주지 스님이 오랜만에 법미스님의 어린 시절의 이름을 불렀다.

"영화야!"

법미 스님은 환하게 웃으며 오이지에 코를 갖다 대었다. 오랜만에 듣는 자신의 본이름에 어머니를 그리듯 오이지의 짠 냄새를 깊숙이 들이마셨다. 주지 스님은 영화에게서 '염화미소'를 보았다. 미소의 향기가 시냇물에 어리며 흘러갔다.

프로젝트 Z

여름방학 종례 시간은 부산스러웠다. 사회 선생님인 담임의 방학 잘 지내라는 말이 떨어지기가 무섭게 모든 아이가 일시에 의자를 밀치고 튀어 나갔다. 큰 재선과 그의 패거리들이 선생님이 나가자마자 작은 재선에게 다가왔다.

"야, 재수 땡이! 잊지 마라."

큰 재선은 작은 재선의 어깨를 치며 두 손가락으로 눈알을 찌르는 시늉을 했다. 작은 재선이 휘청거리며 옆으로 쓰러졌다. 큰 재선 패거리 두 명도 손으로 목을 자르는 시늉을 하며 넘어져 올려다보는 그의 머리를 치고 지나갔다. 아이들이 넘어져 있는 작은 재선을 힐끗 보고 자기 일이 아닌 듯 무심히 지나쳤다. 영호는 사물함 앞에서 유도복을 만지작거리며 서 있었다. 그때 선생님이 다시 헐레벌떡 교실로 들어왔다.

"아! 작은 재선아. 마침 아직 가지 않았네. 3층 음악실로 가자. 너도 참여하는 게 좋을 거야
"선생님, 저 신청 안 했어요. 저 안 돼요."

작은 재선은 큰 소리에 놀란 토끼처럼 눈을 휘둥그레 뜨고 두

손을 들어 세차게 흔들었다.

"영호야, 너도 와라."
"저도 신청 안 했는데요."

영호는 당연하다는 듯 선생님을 쳐다보지 않고 교실 문을 나서고 있었다.

"지금 체육관으로 갈 거지? 거기 유도선생 없다. 내가 미리 이야기해 놓았어. 오늘은 내가 너 데리고 있겠다고."

영호는 멍하니 담임을 바라보았다. 사실 영호는 담임의 말을 거부할 수 있는 처지가 아니었다. 담임이 유도부 코치와 절친이고 체육고등학교 장학생으로 들어갈 수 있도록 두 사람이 물심양면으로 도와주고 있기 때문이다. 그래도 이렇게 무슨 프로젝트인지도 모르는 일에 시간 낭비하기 싫었다. 게다가 함께 있기도 껄끄러운 작은 재선도 간다니 더더욱 내키지 않았다. 하지만 "싫어요"라는 말을 바로 할 수는 없었다. 작은 재선이 영호를 물끄러미 쳐다보았다. 영호는 그의 시선을 에써 피하고 먼저 교실 문을 나섰다. 작은 재선은 영호를 따라나서며 사방을 두리번거렸다.
그들이 음악실에 들어갔을 때 20명 정도 되는 아이들이 앉아 있었다. 3학년 내내 말 한마디 해 보지 않은 다른 반 아이들도 있었고, 같은 반은 4명 정도 눈에 띄었다. 영호와 작은 재선이 함께 음악실 문을 열고 들어가자, 아이들 모두 두 사람을 의외라는 듯 쳐다보았다. 영호는 바로 돌아서 나가려다 때맞춰 들어온 선생님과 문에서 부딪쳤다.

"왜 다시 나가? 들어와."

선생님은 영호의 어깨를 잡고 뒤로 밀고 나가 작은 재선 옆에 앉혔다. 아이들은 선생님과 영호를 번갈아 가며 쳐다보았다. 그 두 사람 사이에 작은 재선이 고개를 숙이고 앉아 있었다. 영호와 작은 재선이 같은 책상에 나란히 앉게 되었다. 흔하지 않은 그림이었다. 아니 처음 목격하는 장면이었다. 아이들은 낄낄거리며 웃었고, 사진을 찍기까지 했다. 작은 재선보다는 영호를 보며 안 됐다는 듯 머리를 흔들었다. 영호는 당장 일어나서 나가고 싶었다. 하지만 선생님이 눈에 힘을 주고 마치 절대로 안 된다는 듯 영호를 보고 있었다.

"이번 사회 실험은 5일 동안만 한다. 내일부터 30분씩 과제수행 하고 매일 3시까지 여기에 모여. 봉사 점수 줄 거고, 간식도 줄게."

아이들은 실험이 뭔지도 모르고 봉사점수와 간식에 벌써 들떠 있었다. 영호는 무슨 핑계를 대서라도 내일부터 나오지 않을 생각이었다. 학급에서 재수 땡이라고 불리는 작은 재선과 함께 앉아 있다는 것만으로도 부담스럽고 싫었다.

"우선 너희들이 지켜줘야 할 것이 있다. 이 실험에 참여한 사람의 이름과 방식을 다른 사람에게 이야기하지 말아야 한다. 이제부터 우리는 비밀 동지이다."

아이들은 선생님의 비밀 동지라는 말에 놀란 얼굴로 서로를 보며 어깨를 부딪치고 손을 잡았다. 마치 엄청난 일을 해결하기 위해 모인 전사가 된 듯 갑자기 분위기가 엄숙해지기까지 했다.

"오늘 우리를 결속시키는 사인을 만들 거야. 오른손이든 왼손이든 가슴에 Z를 쓰는 거다. 혹시 '쾌걸 조로'라는 영화 본 적 있나?"
"아뇨, 그게 뭔 데요."
"어구. 그래 맞다. 내가 초등학생 때 나온 영화니, 너희들이 알 리가 있나! 아무튼 멋진 사인이다. 잘 보고 각자의 가슴에 그려 보도록."

아이들은 뭔가 흥미로울 것 같은 기분에 사로잡혀 Z 사인을 연습하느라 부산을 떨었다. 영호와 작은 재선도 가슴에 Z를 조그마하게 그렸다. 선생님이 보고 있으니 그리지 않을 수도 없었다. 옆에 앉아있는 작은 재선이 계속 손과 얼굴과 다리를 긁는 바람에 영호는 자기도 모르게 목과 다리를 긁고 있었다. 자리를 옮기고 싶었지만, 선생님의 눈이 주로 자신에게 향해 있는 것 같아 포기하고 앞만 응시하고 있었다.

"자자. 그만하고. 첫 미션은 내일 30분 동안만 특정한 장소와 시간에 두 명씩 짝을 정해서 만난다. 약간 떨어진 장소에서 행동을 주시만 하는 것이 실험이다. 서로 눈이 마주치면 Z 사인을 가슴에 쓰고, 잘 보고 있다는 것을 알려주기만 하면 된다. 도움이 필요하더라도 절대 어떤 싸움에 휘말리거나 간섭하지 않는다. 차라리 다른 사람을 불러라. 30분 동안 지켜보는 게 쉽지는 않을 거야. 그래도 노력해 보길 바란다."

선생님은 마치 다짐이라도 하듯 영호와 작은 재선을 바라보았다.

"내일 오후 3시에 여기로 다시 모인다. 함께할 짝은 샘이 오늘 문자로 보낼게. 장소와 시간은 서로 정하도록. 누가 누구의 짝인지도 말하고 다니면 안 돼. 너희들을 믿어볼 거다."

"왜요? 우리가 정하면 안 돼요?"
"안 돼, 1시간 후에 문자가 갈 거니까 꼭 확인하도록. 동지들! 건투를 빈다."

아이들은 선생님의 동지들이라는 말에 영화의 대사를 읊듯 선생님의 말씀을 흉내 내며 호들갑을 떨었다.

선생님은 과연 아이들이 그 약속을 지킬지 의심스러운 듯 아랫입술을 깨물었다.

"장소와 시간은 서로 정하도록."

선생님이 말을 마치고 교실을 나가자, 아이들이 나란히 앉아 있는 영호와 작은 재선 곁으로 우르르 몰려왔다. 영호를 보며 불쌍하다는 듯 어깨를 치고 지나가는 아이도 있었다. 영호와 작은 재선이 마지막으로 음악실을 나왔다. 영호가 교실을 나갈 때 작은 재선도 일어나서 따라 나왔다. 영호가 잰걸음으로 운동장을 가로질러 가자, 작은 재선도 빠른 걸음으로 따라왔다. 영호는 교문을 나서자마자 뛰었다. 뜨거운 여름 오후 햇살만큼이나 등이 따가웠다. 작은 재선은 영호의 뒷모습을 한참 바라보다 주위를 두리번거렸다.

1시간 후에 선생님으로부터 문자가 왔다. 영호는 조마조마하며 문자를 열었다.

[영호야! 너와 작은 재선을 한 조로 묶었다]

걱정했던 일이 현실이 되었다. 선생님이 두 사람을 번갈아 가며 다짐하듯 쳐다볼 때부터 예상은 했었다. 도대체 왜 그래야 하는지 따지고 싶었지만, 그럴 수 없다는 것을 영호는 잘 알고 있었다. 저녁에 작은 재선에게서도 문자가 왔다.

[나 작은 재선이야. 있잖아. 내일 오전 9시에 만나면 안 될까?]

영호는 작은 재선과 한 번도 말을 해 본 기억이 없다. 반 아이들 대부분 작은 재선 가까이 가지 않았다. 그랬다가는 큰 재선의 미움을 받을 게 확실하기 때문이었다. 같은 반에 이름이 똑같은 재선이 두 명이라 덩치가 큰 재선을 큰 재선으로, 덩치가 왜소한 재선을 작은 재선으로 불렸다. 큰 재선은 이름이 같은 작은 재선이 자기 이름의 가치를 떨어뜨린다고 생각했다. 학기 초부터 작은 재선을 괴롭히기 시작했다. 이름 바꾸라고 윽박지르며 쉬는 시간마다 작은 재선에게 와서 시비를 걸었다. 작은 재선의 어깨를 치고, 머리를 때리고, 다리를 걸어 넘어뜨렸고, 온갖 심부름을 시켰다. 그래도 작은 재선은 말 한마디 하지 않고 고개만 숙이고 있었다. 맞아도 아프다는 말도 하지 않았고, 울지도 않았다. 아이들도 처음에는 작은 재선이 불쌍하다고 생각했지만 매일 반복되어 일상이 되자 점점 무신경해졌다. 마치 깨진 거울 효과처럼, 아이들도 아무렇지도 않은 듯 함께 손가락질하고 작은 재선 옆에 가는 것을 싫어했다. 작은 재선에게는 그래도 되는 것처럼 공범이 되어갔다. 더구나 작은 재선은 아토피로 피부염을 가지고 있었다. 손가락에는 피가 나서 테이프를 감고 있었고, 등은 긁은

자국에 군데군데 피까지 묻어 있었다. 아이들은 작은 재선이 전염병 환자인 것처럼 피해 다녔다. 작은 재선은 머리를 눈까지 덮고 있어서 얼굴이 잘 보이지도 않았다. 영호는 작은 재선의 얼굴이 생각도 나지 않았다.

한 번은 국어 선생님이 작은 재선에게 무엇인가 물어봤을 때 한참을 고개만 숙이고 있었다가 선생님의 화를 돋웠다. 교무실로 결국 불려 나갔다. 그 이후로 다른 선생님들도 작은 재선에게 질문을 하지 않았다. 그 일로 작은 재선은 한바탕 아이들의 비난을 들어야 했다. 특히 큰 재선의 비난은 온갖 욕으로 도배되었다. 작은 재선이 결석해도 아마 아무도 알아차리지 못했을 것이다. 그렇게 작은 재선은 있는지 없는지 그림자처럼 왔다 갔다 했다. 큰 재선이 작은 재선을 괴롭힐 때만 존재감이 드러났다.

[그 시간은 자고 있을 것 같은데]

영호는 짧은 문자로 별로 즐겁지 않다는 의사를 보였다.

[아, 그렇구나. 그럼, 몇 시가 좋아?]

[알았어. 내일 9시까지 학교 뒤에 있는 놀이터에서 보자]

영호는 더 이상 이런저런 문자가 오가는 것이 어색했다. 어차피 운동하러 가야 하는데 1시간 더 빨리 가면 될 일이었다. 영호

의 문자에 작은 재선이 바로 답을 했다. [고마워.]

Day 1

영호는 운동도 할 겸 일찌감치 놀이터에 도착했다. 여름이라 오전 9시도 더웠다. 학교 갈 시간에는 놀이터에 사람들이 많았는데 9시는 사람이 없었다. 영호는 작은 재선이 올 방향으로 몸을 돌리고 놀이터에 있는 운동기구에 앉았다. 이런저런 운동 기구를 탐색하며 주위를 둘러보았다. 놀이터에서 혼자 이렇게 어슬렁거린 것은 처음이었다. 벤치 아래 숨어있는 다람쥐와 눈이 마주쳤다. 다람쥐가 바닥에 떨어진 무엇인가를 먹으며 영호의 눈치를 보았다. 눈을 이리저리 굴리며 그 자리를 떠날 생각을 하지 않고 있던 다람쥐가 갑자기 후다닥 달아났다. 그때 작은 재선으로 보이는 아이가 뛰어오고 있었다. 영호가 시계를 보았다. 만날 시간이 아직 10분이나 남아 있었다. 영호는 등을 돌리고 철봉에 매달렸다.

"야! 이 새끼! 거기 서"

그 소리에 영호가 뒤를 돌아보았다. 작은 재선 뒤로 아이들 3명이 쫓아오고 있었다. 큰 재선과 똘마니들이었다. 작은 재선이 놀이터로 들어오는 것을 보고 영호는 다시 몸을 돌렸다. 작은 재선은 영호를 보며 급하게 Z를 그리려다 영호가 돌아서는 바람에 갑자기 우뚝 섰다. 뒤따라오던 아이들이 작은 재선을 밀치며 놀이터로 들어왔다. 그가 넘어 질듯 휘청거렸다. 영호는 돌아보지 않았다. 큰 재선이 놀이터를 둘러보았다. 그제야 영호를 보았다.

"뭐야. 저 새끼는. 왜 새벽부터 나와서 운동하는 거야?"
"야야. 저 새끼랑 짝인가 본데."
"야! 김영호! 너 여기서 뭐 하냐?"

그제야 영호가 할 수 없이 뒤를 돌아보았다. 큰 재선이 영호 옆으로 다가왔다. 똘마니 두 명은 작은 재선의 양쪽 팔을 한 명씩 잡고 뒤따라왔다. 큰 재선은 반에서 작은 재선만큼이나 영호를 좋아하지 않았다. 큰 재선이 반에서 힘으로 반 아이들을 괴롭히고 조폭 대장처럼 굴어도 영호는 일절 모른척했다. 큰 재선은 어떻게 해도 질 것 같은 덩치에 유도까지 잘하는 영호와 서로 얽히지 않는 게 좋다고 생각했다. 하지만 두 사람 사이에는 항상 묘한 긴장감이 감돌았다.

"이 씨! 재수 없는 놈들!"

영호가 순간 큰 재선을 째려보았다. 작은 재선을 건드리는 건 무시할 수 있지만 자신을 건드리는 건 또 다른 문제였다.

"야, 재수 땡이! 너 오늘 운 좋은 줄 알아. 내일 아침 이 시간에

똥개 꼭 데리고 나와라."

영호의 매서운 눈에 당황했는지 큰 재선은 꼬리를 내렸다. 그
들은 작은 재선의 어깨를 밀치며 다리를 걸어 넘어뜨리고는 놀이
터 옆 화장실 뒤쪽으로 사라졌다. 작은 재선이 일어나며 영호를
물끄러미 쳐다보았다. 영호는 조금 거리를 두고 운동하는 척하
며 그의 눈을 피했다. 작은 재선은 아무 말 없이 옆에 있는 벤치
에 앉았다. 영호와 눈이 마주쳤다. 작은 재선은 가슴에 Z를 그렸
다. 마치 괜찮다는 듯, 걱정하지 말라는 의미로 보였다.

영호는 허리 운동기구를 계속 돌리며 그에게 눈을 떼지 않으려
고 노력했다. 10분도 견디기 힘들었다. 자신을 계속 바라보는 작
은 재선의 눈을 똑 바로 바라 볼 수가 없었다. 그와 눈이 마주
치면 다른 곳을 보다가 다시 그를 보기를 반복했다. 작은 재선
도 어색하기는 마찬가지인 듯 눈을 위로 떴다 아래로 떴다 옆으
로 돌리기도 했다. 영호와 작은 재선은 각자 운동하며 20분가량
을 더 거기서 어슬렁거렸다. 시간은 마치 버퍼링에 걸린 것처럼 멈
칫멈칫 흘러갔다. 누군가를 이렇게 대 놓고 바라본 적이 없었다.
그것도 쳐다보는 것을 허락받고 보는 것이었다. 공식적으로 그
의 전부를 스캔하는 일이 아닌가. 이런 일이 아니면 절대로 해볼
수 없는 일이었다. 더구나 서로를 바라보는 것은 나를 보여주는
것까지도 허락하는 일이었다. 영호는 작은 재선에 대한 자기 생
각까지 들키는 듯해서 그의 눈을 똑바로 볼 수가 없었다. 영호가
그에게 좀 더 다가가서 맞은편 정자에 앉았다. 작은 재선은 얼굴

을 들어 영호를 빤히 쳐다보며 말했다.

"고마워."

"내가 뭘! 아무것도 안 했는데."

"네가 먼저 나와 있어서 다행이야. 너 때문에 쟤네들이 그냥 간 거야."

영호는 자신은 고마워할 만 한 일을 한 건 아니라는 듯 어깨를 으쓱했다.

"그런데 그 자식들 여기서 우리 만나기로 한 것 어떻게 안 거야?"

"몰라. 아마 엄마가..."

왕따당하는 작은 재선을 보면 영호는 옛날 일이 떠올랐다. 영호는 초등학교 3학년 때 외톨이였고 동내에서 왕따당했었다. 엄마와 할머니와 함께 살았는데 엄마는 동네 마트 생선코너에서 일했다. 놀리기 좋아하는 아이들은 영호에게 생선비린내 난다고 놀렸었다. 그 이야기가 듣기 싫어 매일 두, 세 번 비누칠하면서 샤워했었다. 그 당시 영호에게 다가와 준 친구는 아무도 없었다. 그 때부터 영호도 남들에게 관심을 두지 않았었다. 영호 엄마는 영호가 좀 더 적극적으로 자신을 방어하며 크길 원했다. 그래서 영호를 태권도 학원에 보냈다. 교통사고로 돌아가신 영호 아버지의 피를 물려받았는지 영호는 운동에 소질을 보였다. 영호 아버지는 고등학교 시절 야구선수로 활동했었다.

영호가 이 중학교로 들어왔을 때 유도부가 유명했었다. 학교에서 적극적으로 육성하고 있어서 영호는 엉겁결에 태권도에서 유도로 바꿨다. 중학교 1학년부터 갑자기 키가 크기 시작하면서 덩치가 고등학생 같아졌다. 영호는 이 학교의 유도부 꿈나무가 되었다. 영호는 키도 컸지만, 얼굴도 크고 말이 없어 아이들은 그에게 감히 다가오지 못했다. 영호는 근접하기 쉽지 않은 아우라를 가지고 있었다. 중학교 1학년 때는 겨울에 코트를 입고 학교에 가면 중1, 2 아이들이 선배인 줄 알고 깍듯이 인사까지 했었다.

영호도 사실은 친구가 없었다. 아이들과 사귈 기회가 많지 않았다. 남의 일에 무관심한 성격 탓도 있지만 가능하면 사건.사고에 휩쓸리고 싶지 않아서 아이들과 어울려 다니는 것을 피했다. 운동을 하느라 또래 친구들과 친해질 시간도 없었다.

30분이라는 길고 긴 시간이 지나고 작은 재선이 집으로 먼저 향하고 뒤를 영호가 따라갔다. 혹시 큰 재선이 또 공격할 수 있을 듯해서 영호가 먼저 제안했다. 영호는 작은 재선의 뒷모습을 계속 주시하며 걸었다. 작은 재선은 움츠렸던 어깨를 펴고 걸어가는 것처럼 보였다. 왠지 당당해 보이기까지 했다. 옆으로 두리번거리지도 않았다.

그날 오후 영호는 유도 도장을 들러서 음악실로 바로 갔다. 아무도 없었다. 몇몇 아이들이 곧 교실로 들어오며 영호에게 가슴에 Z를 그려 주었다. 영호도 Z를 그렸다. 첫날 만났을 때의 어색한 분위기가 아니라 같은 팀이 된 듯 서로를 바라보며 웃어주었다. 오늘 그들이 하고 느꼈던 일을 마치 무용담을 들려주듯 자랑스러워하며 떠들었다. 영호는 가만히 귀를 기울이고 그들의 말을 들었다.

"영수랑 짝이었는데, 2시에 운동장에서 만나자는 거야. 바로 이리 오면 된다고. 애들도 없고. 그래서 현관으로 왔지. 음악실 문은 잠겨 있지. 텅지. 30분 쳐다보는데 도저히 못 하겠더라. 이건 뭐 벌서는 수준이야."

"30분 아무것도 아닌 시간인 줄 알았는데. 그렇게 길 줄 몰랐어."

그때 작은 재선이 3시가 넘은 시간에 헐레벌떡 뛰어 들어왔다. 아이들 모두 작은 재선에게 Z를 그렸다. 작은 재선이 놀란 얼굴로 아이들을 둘러보았다. 한 아이가 소리 질렀다.

"야! Z 그려야지."

"으응!"

작은 재선도 후다닥 가슴에 Z를 그렸다. 작은 재선이 지저분하다고 옆에 오려고도 하지 않던 아이들이었다. 동지, 특히 비밀동지라는 어감은 아이들에게 작은 책임감과 힘들고 어려운 일도 함께한다는 의미로 받아들여지는 듯했다. 자기방어가 강한 영호는 쉽게 받아들이기 어려웠다. 선생님이 피자와 음료수를 들고 들어왔다. 아이들이 소리 지르며 환호했다. 선생님이 아이들에게 느낌을 이야기하도록 했다. 서로 먼저 이야기하겠다고 한바탕 소란이 일어났다. 선생님이 작은 재선에게 물었다.

"재선아, 너는 어땠어?"

아이들이 모두 그를 쳐다보았다. 여전히 고개를 숙이고 아이들과 눈을 마주 보지 않고 작은 목소리로 말했다.

"나를 바라봐 주어서 고마웠어요."

작은 재선의 "고마웠어요."라는 말에 모두 의아한 듯 그를 쳐다보았다. 영호는 얼굴을 붉혔다. 고마워할 만한 일을 하지 않았는데 그런 말을 듣는 것이 민망했다. 아이들이 모두 작은 재선이 아닌 영호를 쳐다보았다. 도대체 영호가 어떻게 했길래 작은 재선이 그런 말을 했는지 궁금했다. 선생님도 궁금했는지 이번에는 영호에게 물었다.

"김영호! 너는?"

영호는 할 말이 없었다. 정말로 한 일이 없었기 때문이었다. 그냥 옆에 있어 주기만 한 일이 그렇게 고마운 일인가라는 생각에 어안이 벙벙했다.

"저는 한 일이 없어요. 그냥 근처에 있었을 뿐이에요."
"바로 그거다. 옆에 있어 주기만 해도 우리는 서로 힘을 얻는
다. 아무 사심 없이 바라만 봐 줘도 상대는 용기가 생기기도 하
지."

교실이 갑자기 조용해졌다. 장난기 있는 아이들이 마치 자신들
이 서로에게 고마운 일을 했다는 사실이 뿌듯했다. 서로 어깨를
부딪치고, 손을 마주치며 하이파이브를 하고, 호들갑을 떨었다.

"자자, 내일은 세 명이 한 조가 된다."
"네~~ㅂ"

그들의 우렁찬 함성이 교실 문밖으로 쏟아져 나갔다.

Day 2
다음 날은 놀이터가 아닌 대형마트에서 오후 1시에 만나기로
했다. 영호는 전날 똘마니들이 작은 재선을 따라온 것이 마음에
걸려 일찌감치 마트 가는 길목에서 어슬렁거리고 있었다. 작은 재
선이 아파트 입구를 나와 두 리 번 거리며 누군가를 찾고 있다
가 영호와 눈이 마주쳤다. 작은 재선이 가슴에 Z를 그렸다. 영호
도 옆에 누가 있는지 살펴보다가 소심하게 응답했다. 그제야 작

은 재선은 움츠린 가슴을 펴고 당당하게 마트 쪽으로 몸을 돌리고 걸어갔다. 영호는 뒤를 말없이 따라갔다.

마트 앞에는 함께 만나기로 한 친구가 오지 않았다. 작은 재선이 마트로 가서 확인하겠다는 손짓을 하며 마트 안으로 들어갔다. 영호는 마트 밖에서 친구를 기다렸다. 한참 시간이 지났는데도 약속한 친구가 오지 않았다. 전화를 걸어도 받지 않았다. 마트 안을 살펴보려고 문 쪽으로 다가갔다. 그때 마트 문이 휙 하고 세게 열렸다. 큰 재선과 똘마니들이었다. 큰 재선과 영호의 눈이 마주쳤다. 큰 재선은 영호를 보고, 씨익 웃으며 주먹을 쥐고 엄지손가락을 아래로 내렸다. 큰 재선은 영호의 어깨를 치고 지나가다 뒤돌아서서 다시 왔다.

"괜히 쓸데없는데 끼어들지 마라. 너 유도 인생 끝날 수도 있어. 너 우리 아버지가 지원 안 해 주면, 알지!"

영호는 두 손을 불끈 쥐었다. 한 대 치고 싶었지만, 유도 선생님의 당부가 생각났다.

"영호야! 조용히, 얌전히 지내야 해. 운동 좀 한다고 어깨 힘주고 다니지 마라."

영호는 큰 재선 패거리들을 뒤로하고 마트 안으로 뛰어 들어갔다. 작은 재선을 찾았다. 없었다. 화장실 팻말이 보여 그쪽으로 뛰어갔다. 영호가 화장실에서 피 묻은 얼굴을 씻고 있었다. 영호의 얼굴이 벌겋게 달아올랐다.

"게네들 짓이냐? 병원은 안 가 봐도 되냐?"
"괜찮아. 그 정도로 많이 맞지는 않았어."

영호는 작은 재선이 얼굴을 씻고 화장실 휴지로 얼굴을 닦는 모습을 묵묵히 지켜보았다. 얼굴에 하얀 휴지가 여기저기 붙어 있었다. 영호는 자신도 모르게 작은 재선의 얼굴에 묻은 휴지를 털어주었다. 작은 재선이 놀라서 흠칫 물러서며 영호를 빤히 쳐다보았다.

"그런데 걔는 왜 너를 그렇게 괴롭히니? "

한 번도 궁금해 본 적은 없었다. 큰 재선이 작은 재선에게 빵셔틀을 시키고, 발을 걸어 넘어뜨려도 영호는 모른 척했다. 자신이 관여할 바가 아니라고 여겼다. 사실 고의로 관여하지 않기도 했다. 큰 재선 아버지가 유도 육성회 회장이라 큰 재선과 적을 만들 이유가 없었다. 아니 오히려 친해지는 게 영호에게 유리한 일일지도 몰랐다. 하지만 큰 재선과 어울려 다니는 것은 더 싫었다. 큰 재선은 학교에서 일어나는 사건.사고의 중심에 항상 있었다. 선생님들도 훈계만 할 뿐 어쩌지 못하고 있었다.

"놀이터에서 재선이 날 때리려고 할 때 우리 강아지가 물려고 한 적이 있어. 그때부터 강아지를 죽인다고 데리고 나오라고 계속 협박해."

영호는 작은 재선을 물끄러미 쳐다보았다. 처음 그의 얼굴을, 이마를 반쯤 내 놓은 얼굴을 볼 수 있었다. 물에 젖은 앞 머리카락을 뒤로 젖혔을 때 이마에 여드름인지 아토피인지 많이 나 있었다. 작은 재선은 영호의 시선을 느꼈는지 바로 앞 머리카락을 내렸다.

영호와 작은 재선이 음악실로 함께 들어갔다. 함께 만나기로 한 친구가 미리 와 있었다. 두 사람을 보자 고개를 푹 숙였다. 영호가 그에게 다가갔다.

"네가 일러바쳤냐?"
"어쩔 수 없었어."

작은 재선은 터진 입술을 가리기 위해 손으로 입을 막고 구석에 앉아있었다. 여전히 고개를 들지 못하고 있었다. 그때 선생님이 들어왔다.

"오늘은 세 명이 서로 바라보니 어땠어?"
"샘, 너무 힘들어요. 웃음이 나와서 잘 못했어요. 쳐다볼 때 혀를 내밀고 막 장난쳐요. 게임을 할 때 30분은 눈 깜박할 시간보다 빨랐는데요. 그냥 30분 쳐다보는 것은 고통이었어요. 시간이 느려도 너무 느리게 갔어요."

"맞아요. 너무 길어요. 10분만 할게요."

"안다. 알아. 힘들겠지. 그래도 다들 기특하다. 샘이 시키는 대로 해 주어서."

선생님은 크게 웃으며 고개를 끄덕였다.

"아닌데요. 30분 안 했어요."

"괜찮다. 내일은 다섯 명이 함께 한다. 그냥 쳐다만 보지 말고 각자가 하고 싶은 행동을 해도 된다. 다만 시야에서 멀어지면 안 돼. 이번에는 한 명에게 무슨 일이 생기면 소극적 개입은 허락한다. 절대로 싸움은 안 된다. 명심해. 이번에는 너희들이 조를 만들어 보거라."

아이들이 웅성거리며 같이 할 멤버를 찾기 위해 두리번거렸다. 대부분 영호에게 다가왔다. 유도부원이기도 하고 덩치가 크니 무슨 일이 생기면 자신을 보호해 줄 것 같았는지 그에게 몰려왔다. 선생님은 지켜보다가 도저히 안 되겠는지 뽑기로 하자고 제안했다. 한 명씩 나와서 같은 조가 될 번호를 뽑았다. 영호와 작은 재선이 또다시 한 팀이 되었다. 어제 나오지 않았던 친구도 같은 팀이 되었다. 그가 슬며시 영호 곁으로 다가왔다.

"정말 미안해."

"내가 아니고 작은 재선에게 말해."

그가 작은 재선에게 가서 가슴에 Z를 그렸다. 마치 동지로 다시 받아 달라는 의미 같았다. 작은 재선에게 손을 내밀며 악수까지 청했다. 작은 재선이 깜짝 놀라며 손을 뒤로 감췄다. 같은 조가 된 다른 멤버들도 모두 작은 재선을 아무 거리낌 없이 받아들여 주었다. '같은' 이라는 단어, 아니 '동지' 라는 단어가 주는 이상한 동질감 때문인지 서로가 마음을 조금씩 열어 가고 있는 게 보였다. 서로 가슴에 Z를 그려 주며 어깨와 가슴을 부딪치고 마치 조직의 멤버가 된 것처럼 들떠있었다. 영호는 기분이 이상했다. 친구가 생긴 것도 같고 아닌 것도 같은데 어쨌든 함께 무엇인가를 하는 게 싫지 않았다.

Day 3

전날에 단체 톡이 만들어졌다. 다섯 명은 오후 내내 단톡에다 온갖 이야기를 올리며 시끌벅적했다. 시시껄렁한 이야기가 난무했다. 하지만 영호와 작은 재선만 묵묵부답이었다.

[우리 어디서 만날까?]
[학교 뒤 등산로 입구 어때? 낮은 너무 더우니까 아침 9시?]

좋아요 라는 카톡 이모티콘이 계속 올라왔다. 한 친구가 영호와 작은 재선의 묵묵부답에 대한 불만을 단톡에 올렸다.

[야! 영호, 작은 재선! 너네들 뭐하냐?]
[문자 확인은 하는데. 왜 문자 씹어?]

작은 재선이 문자를 보냈다.

[강아지 데리고 나가도 될까? 산책을 못 시킨 지 오래돼서.]
[그러던지]

영호가 바로 답을 했다. 작은 재선이 왜 강아지를 데리고 나와 산책시키고 싶어 하는지 알기 때문이었다. 학교 뒷산 작은 산책로에는 아침 9시에도 사람이 많았다. 방학 동안에 아침 9시는 아이들에게는 새벽 시간이다. 그래도 흔쾌히 좋다는 것은 늦잠을 반납할 만큼 모두 이 일을 즐기고 있다는 의미이기도 했다. 영호는 아침 일찍 유도장에서 가벼운 운동을 하느라 조금 늦었다. 헐레벌떡 산책로 입구로 달려갔다. 네 명이 여기저기 흩어져서 영호를 기다리고 있었다. 영호를 보자 모두 환하게 웃으며 가슴에 Z를 그렸다. 순간 영호는 가슴에 뜨거운 무엇인가가 올라왔다. 며칠을 계속 소극적으로 지냈고, 5일이 빨리 지나가기만을 기다리고 있었는데 정말 동지가 된 듯 가슴이 뛰었다. 작은 재선도 활짝 웃으며 Z를 그렸다. 작은 재선의 손에 강아지 줄이 들려 있었다. 아이들은 서로 앞서거니 뒤서거니 하며 산에 올라갔다. 지나

가면서 슬쩍 사탕을 손에 집어 주기도 했다. 마치 첩보전을 하듯 수신호를 보내고 가슴에 Z를 그렸다. 조금 깊은 곳으로 모이자는 수신호를 모두 알아차리고 산책길에서 깊숙이 들어간 자리에 모였다.

함께 1시간 이상을 떠들며 이야기를 나누었다. 작은 재선의 강아지는 모두의 사랑을 독차지했다. 작은 재선의 얼굴에 이마가 훤히 드러났다. 영호도 기분이 좋아서 많이 떠들고 웃었다. 아이들은 영호가 말을 많이 했는지 아닌지 느끼지 못했다. 5명은 내용도 없고 기억도 나지 않는 이야기를 떠들며 웃었다. 산에서 내려와 헤어질 때도 아이들은 못내 아쉬워하며 가슴에 Z를 몇 번이나 그렸다. 지나가는 사람들도 웃으며 가슴에 Z를 그려 보이며 지나갔다.

오후 3시의 음악실은 전날보다 더 와자지껄했다. 약 스무 명의 목소리가 우렁차고 활기가 넘쳤다. 선생님은 한참을 교실 문밖에서 아이들이 떠드는 소리를 듣고 있다가 들어갔다. 아이들이 이전과 다르게 큰 목소리로 인사하며 선생님께 Z를 그렸다. 모두 그렇게 하자고 합의가 된 듯했다. 마치 군대에서 하는 필승 같은 구호 같았다. 선생님의 얼굴이 순간 달아올랐다.


"좋아! 동지들. 목소리를 들으니 재미있었나 보군. 내일은 중앙로 재래시장 거리와 명동거리로 나갈 거다. 두 조로 나누어 갈 거야. 아마 활동 영역이 좀 커서 아무도 못 만날 수도 있어. 서로 알아보면 아는 척하지 말고, 가슴에 Z만 그리고 지나가거라. 절대 몰려다니면 안 된다.

Day 4

프로젝트 실험 시간은 오후 1시. 영호는 일찌감치 집을 나와 체육관으로 갔다. 중앙시장에서 점심을 먹고 운동화를 사기 위해 일찍 체육관을 나왔다. 사실 운동에 집중할 수가 없었다. 아이들을 만나고 싶은 마음에 오전부터 들떠 있었다. 그들과 웃고 떠들며 즐겁게 보낸 어제의 분위기가 영호에게 생소했지만 좋았다. 어제의 여운이 아직도 영호를 들떠 있게 했다. 그들을 생각하면 자꾸 웃음이 나왔다. 작은 재선의 얼굴이 생각났다. 그렇게 웃는 모습을 본 적이 없었다. 함께 있는 내내 웃고 있었다. 아이들은 작은 재선의 변화에 눈치를 챘는지 모르겠지만 영호는 확실히 알아챌 수 있었다. 작은 재선의 이마를 덮고 있던 머리가 옆으로 가 있었다. 영호는 사실 아직도 아이들에게 다가가는 게 머뭇거려졌다. 영호는 자신의 감정을 들킬까 봐 조심조심 다가가고 있었다.

중앙시장에 도착한 영호는 엄마와 함께 가던 신발가게에 들어갔다. 11시 30분이었다. 운동화를 사고, 중앙시장에 오면 엄마와 꼭 왔던 만두집에서 만두를 천천히 먹고, 명동거리 입구로 들어갔다. 시간은 아직 12시 30분이었다. 제일 먼저 왔을 거로 생각하고 어슬렁거리며 명동거리를 걸었다. 그런데 약 20미터 앞에 사람들이 모여 있었다. 그리고 동지 몇 명을 보았다. 그들도 영호를 보고 뛰어오면서 Z를 그렸다. 영호 이름을 크게 불렀다.

"영호야! 어서 와. 큰일 났어."

영호는 순간 멈추었다. 이렇게 서로 아는 척하지 말아야 하는 규칙을 아이들은 깨버렸다. 영호는 운동하면서 자기방어가 강한 아이가 되었다. 어떤 일이 벌어졌고 영호는 여기를 벗어나야 한다고 생각했다. 하지만 행동으로 옮기기에는 아이들이 너무 가까이 와 있었다.

두 아이가 영호 손을 잡고 뛰어갔다. 영호도 엉겁결에 뛰었다. 영호가 다가갔을 때 작은 재선은 바닥에 엎어져 있었다. 똘마니 중 한 명이 작은 재선을 일으켜 앉혔다. 큰 재선은 주위의 시선은 아랑곳하지 않고 작은 재선에게 주먹을 날렸다. 그때 영호가 큰 재선의 주먹을 잡았다.

"그만해라."

큰 재선은 자기에게 그만하라고 말할 수 있는 아이가 있다는 게 분했다. 모두 자기 눈치를 보는데 영호는 아니었다. 순간 큰 재선은 주먹을 영호에게로 날렸다. 영호는 순간적인 공격을 피할 수가 없었다. 영호의 코에서도 피가 흘렀다. 큰 재선은 공격 상대를 작은 재선에게서 영호에게로 돌렸다. 영호에게 달려들어 멱살을 잡고 소리 질렀다.

"내가 상관하지 말랬지. 어디서 명령 질이야. 감히 나한테! 너 오늘 나한테 죽었어."

큰 재선이 영호를 힘으로 넘어뜨리려고 밀었다. 영호는 옆으로 재빠르게 피했다. 큰 재선이 넘어졌다. 영호가 큰 재선의 어깨를 잡고 일으키자 큰 재선이 또 영호를 치려고 주먹을 올렸다. 영호는 큰 재선의 주먹을 잡고 한 대 치려고 주먹을 들었다. 그때 작은 재선이 소리 질렀다.

"하지 마!~"

그것을 본 똘마니 두 명이 영호에게 달려들었다. 옆에서 구경하던 동지들도 일제히 달려들어 똘마니 둘과 큰 재선을 넘어뜨렸다. 곧 호루라기 소리가 들렸고 경찰이 왔다. 모두 경찰서로 연행되었다. 사회 선생님과 큰 재선의 아버지가 오고, 유도선생님이 곧이어 왔다. 싸움에 가담한 아이들 부모님이 모두 경찰서로 왔다.

"중학생들이 떼싸움이라니! 니들 제정신이야?"

경찰은 어이가 없다는 듯 고개 숙이고 있는 아이들을 쳐다보며 혀를 끌끌 찼다. 아이들은 경찰서라는 낯선 곳에 있다는 것만으로도 겁에 질려 있었다. 아이들의 진술은 하나같이 큰 재선으로 향해 있었다. 하지만 아이들에게 왜 거기 몰려있었는지 묻자, 사회실험에 관한 이야기가 나왔다. 또한 진술 도중 동지라는 말이 오고 갔다. 경찰은 단순폭력으로 처리하기에는 약간 미심적은 부분이 있다고 판단했다. 사회 선생님만 남기고 모두 귀가 조치되었다.

"프로젝트 Z가 대체 무엇입니까? 아이들 패싸움하라고 부추기는 실험이요?"

경찰이 사회 선생님에게 강압적인 태도로 취조하듯 물었다.

"아닙니다. 학교폭력이 남의 일인 듯 방관하는 아이들에게 서로 관심을 두자는 취지에서 행했던 연구실험입니다."
"어쨌든 그게 집단 싸움으로 번지지 않았습니까? 중학교 애들이 뭘 알아요? 아직도 판단이 미숙한 애들을 데리고."
"죄송합니다."
"이 일은 영호 아버지의 간곡한 부탁도 있고 하니, 이쯤에서 마무리 짓는 걸로 하겠습니다. Z인지 뭔지 하는 것 더 이상 하지 마십시오."

실험은 강제 종료되었다. 영호는 유도 선생님으로부터 심한 꾸지람을 들었다. 운동선수는 절대 싸움에 끼어들면 안 된다는 규칙을 영호가 어겼기 때문이다. 영호는 3년 동안 아무 일 없이 열심히 운동만 하고 지내려고 했다. 체육고등학교에 장학금으로 입학하기 위해 노력했던 꿈이 무너진 것 같아 너무 속상했다. 고생하는 엄마를 볼 면목이 없었다. 하지만 싸움에 끼어들었던 일은 후회하지 않았다. 만약 같은 상황이 오면 또 그렇게 행동했을 것 같았다.

아이들은 실험이 무산된 것이 아쉬웠다. 하지만 아이들 마음속에는 어떤 말로 설명할 수 없는 동지애가 싹트고 있었다. 쳐다만 보는 일이 행동으로 옮기게 하는 큰 힘을 발휘한다는 것을 아이들은 정확하게 설명할 수는 없었다. 느끼고만 있을 뿐이었다. 영호는 어렴풋이나마 알 것 같았다. 바라만 보아도, 관심만 주어도 눈에 보이는 것들이 있다는 것을. 게다가 그날 작은 재선의 행동이 영호의 마음에 내내 남아 있었다. 소심하고 목소리도 작은 작은 재선이 그렇게 큰 소리로 "하지 마"라고 소리친 행동은 상상할 수 없는 일이었다. 하지만 그 눈빛은 분명 영호를 위한 눈빛이었다 것 정도는 영호도 눈치 챌 수 있었다.

개학까지는 아직 2주나 남았고, 아이들은 아무 일 없었던 것처럼 각자의 삶으로 돌아갔다.

그 일이 있고 난 후 영호의 가슴에는 작은 물결이 일렁이고 있었다. 우정인지, 동지애인지 모를 공동체 의식이 생기고 있었다. 친구들이 궁금해지기 시작했다. 영호는 작은 재선을 개학 날까지 한 번도 보지 못했다. 그렇다고 먼저 전화하는 것도 쑥스러웠다. 개학 날이 기다려졌다. 아이들은 길에서 우연히 동지를 만나면 가슴에 Z를 그렸다. 마치 비밀결사대의 동지는 영원한 동지라는 의미로. 서로를 바라봐 주고 마치 '내가 옆에 있어. 걱정하지 마.' 라고 말하는 듯 가슴을 쳐 주기까지 했다. 영호는 어쩌면 체육고 장학생이라는 꿈을 놓칠지는 모르지만, 친구를 얻은 것 같았다.

그 사건 이후로 아직 결정 난 건 아무것도 없었다. 영호는 계속 운동하기 위해 학교 체육관을 드나들었다. 큰 재선의 아버지는 아들의 잘못을 인정하고 누구에게도 피해가 갈 일은 없을 거라고 했다. 하지만 미래는 어떻게 될지 아무도 모른다. 유도선생님은 여전히 영호를 특기생으로 추천한 것을 밀어붙일 생각이었다.

개학 날이 되었다. 영호는 처음으로 학교 가는 것이 즐겁고 설렜다. 학교 가는 길에 혹시나 하고 몇 번을 뒤로 돌아보았지만, 작은 재선을 만날 수는 없었다. 개학 날 정문에는 몇몇 동지들이 서성이고 있었다. 영호를 보자 마치 기다리고 있었다는 듯 환한 얼굴로 가슴에 Z를 그렸다. 영호도 머뭇거리지 않고 당당하게 Z를 그렸다. 영호가 교실 건물로 들어가려고 할 때 뒤에서 웅성거리는 소리가 들렸다.

"야, 니들이 뭔데 감싸고 지랄이야? 언제부터 재수 땡이랑 친했냐?"

큰 재선은 변한 게 없었다. 여전히 안하무인이고 아이들에게 군림하고 싶어 했다. 하지만 아이들이 변했다. 큰 재선과 똘마니들이 동지들과 맞붙을 기세로 서 있었다. 작은 재선은 동지들 뒤

에 서 있었다. 동지들이 작은 재선을 도와주기 위해 나섰던 것이
다. 지나가던 다른 학생들이 있을 수 없는 기이한 장면을 본 듯
모두 모여들었다. 영호도 뛰어갔다. 자신도 모르게 동지들이 있
는 쪽으로 가며 가슴에 Z를 그렸다. 그들도 Z를 그렸다. 그들 자
신도 이 상황이 어떤 상황인지 이해하지 못했다. 그들에게 무엇
인가 불의 한 일이 생기면 함께해야 한다는 동지애가 생겼을 뿐
이었다.

큰 재선은 조금 당황했지만 물러서려고도 하지 않았다. 하지만
한 명씩 모여들어 서로 손을 잡고 바리케이드를 치는 수가 늘어
났다. 큰 재선은 가운데를 뚫고 지나가려고 했다.

"저리 비켜!"

아이들이 서로 손을 잡고 뚫고 지나가지 못하게 하자 큰 재선
은 침을 뱉으며 길옆 화단으로 비켜 갔다.

"아악! 이게 뭐야. 이 씨 아침부터 재수 없게."

화단에서 큰 재선이 똥을 밟았다. 사람 것인지, 동물 것인지 모
를 똥은 지독한 냄새를 뿜어냈다. 아이들이 큰 재선 옆을 지나가
며 코를 틀어막고 피해 갔다. 큰 재선이 똥 밟은 발을 절뚝거리
며 수돗가로 뛰어갔다. 영호와 동지들은 어깨를 으쓱하며 작은
재선에게 Z를 그리고 함께 학교 건물 현관을 향해 걸어갔다.

교실 창문에서 사회 선생님이 이 모든 광경을 보고 있었다. 그의 얼굴에 옅은 미소가 번졌다.

오후 3시의 손님

주영이 운영하는 카페 계산대 뒤에는 유난히 큰 부엉이 벽시계가 걸려있다. 시계가 "땡"하고 울렸다. 손님들이 3시쯤 모두 나가고 주영이 컵을 씻고 있을 때였다. 손님이 없어서 그랬는지 소리가 유난히 크게 들렸다. 주영은 못 마땅한 듯 시계를 노려보고 있었다. 카페에 부엉이 벽시계가 걸려 있는 곳은 여기 뿐 일 거라고 시계를 설치할 때 엄마와 많이 다투었다. 하지만 아들에게 운을 가져온다고 믿는 엄마를 말릴 수 없었다. 부엉이 벽시계는 시간마다 한 번 울린다. 시계 소리에 손님들이 불만을 표시할 줄 알았는데 의외로 별로 신경쓰지 않았다. 오히려 시간의 흐름을 살짝 멈춰 주어 정신이 번쩍 든다는 손님도 있었다. 사실 대부분의 손님은 자신들의 이야기에 열중하느라 소리를 듣지 못했다. 주영도 그 소리를 못 들을 때가 많았다.

"뭘 그렇게 열심히 보고 계세요?"

주영은 화들짝 놀라 하마터면 손에 들고 있던 유리잔을 놓칠 뻔 했다. 언제 들어 왔는지 그녀가 주문대 앞에 서 있었다. 괘종소리에 신경 쓰느라 문에 달아놓은 풍경 종소리를 듣지 못했다.

"죄송합니다. 들어오시는 소리 못 들었어요."

주영은 풍경 종을 쳐다보았다. 풍경 종은 흔들리고 있지 않았다. 문도 들어오고 나갈 때 남는 작은 움직임이 전혀 없었다.

"제가 원래 소리 없이 다녀요."
"네?"
"아메리카노 핫 한 잔 주세요."

그녀는 마치 주영의 속마음을 읽기라도 한 듯 이상한 말을 던지고는 커피를 주문했다. 그녀는 진한 선글라스를 끼고 있었다. 선글라스를 살짝 아래로 내리고 주영을 올려다보며 웃었다. 그녀의 눈은 아주 인상적이었다. 눈동자는 푸른 호수를 연상시킬 만큼 흰자위가 푸르렀다. 커피를 주문한 후 그녀는 주위를 두리번거리지도 않고, 마치 자신이 정해 놓은 자리가 있는 것처럼 자연스럽게 자리에 가서 앉았다. 그녀는 앉아있는 내내 선글라스를 벗지 않았다. 그녀가 있는 동안 손님이 한 사람도 오지 않아서 주영은 그녀를 힐끔거리며 쳐다 보았다. 선글라스 때문에 밖을 보는지 주영을 보는지 알 수는 없었다.
그녀가 커피를 가지러 계산대로 왔다. 뜨거운 김이 모락모락 올라오는 커피 잔을 들고 계산대를 떠날 때 커피 잔의 뜨거운 김이 한줄기 휙 주영의 코끝을 스쳤다. 그녀는 자리로 가서 한 참을 커피 잔을 들고 있다가 내려놓고 한숨을 쉬었다. 주영은 컵과 커피잔을 마른행주로 닦고 또 닦으며 그녀를 훔쳐보았다. 검은 색과 푸른색이 묘하게 섞인 선글라스와 그녀의 하얀 피부가 잘 어울렸다. 머리카락은 살짝 웨이브가 있었고, 갈색 염색 머리였다. 어깨에 닿을 듯 말 듯 한 머리 길이는 그녀를 좀 더 지적으로 보이게 했다. 나이를 가름 할 수는 없었다. 조용히 앉아만 있었다. 한 시간 후 4시에 부엉이 시계가 한 번 울리자 그녀는 일어났다. 그녀가 문을 열고 나가는 걸 보고 주영은 그녀의 자리로 갔다. 커피 잔에 커피가 차갑게 식은 채 그대로 있었다. 고개를 들어 문을 바라보았다. 주영이 한 눈 파는 사이에 언제 나 갔는지 흔적 없이 사라졌다. 정말 소리 없이 나가고 없었다. 손님이 들어왔다. 마치 기다렸다는 듯이. 풍경종이 울렸다.

다음 날, 3시에 그녀가 또 왔다. 어제와 같은 옷을 입고 같은 선글라스를 쓰고 있었다. 손님이 3시 즘 나가자마자 그녀가 들어왔다. 풍경 종이 울렸고 문을 열 때 남아있는 움직임도 있었다. 주영은 눈을 껌벅이며 머리를 흔들었다.

"어서 오세요."
"오늘도 핫으로 주세요."

그녀의 목소리가 한층 밝았다. 그녀는 어제 앉았던 자리로 바로 가지 않았다. 창가로 가서 창문틀에 올려놓은 복고양이 마네키네코를 만지 작 거렸다. 이것 역시 주영 엄마가 일본여행에서 사 온 부적 같은 것이다.

"이 고양이 다 뭐에요? 고양이 좋아하세요?"

"안 좋아해요."

"네? 근데 왜 이렇게 많아요?"

"저도 많다고 생각합니다."

주영은 어제 그녀가 앉았던 자리로 커피를 가지고 갔다. 주영을 바라보던 그녀는 어깨를 으쓱하며 물었다.

"제가 거기 앉을지 어떻게 알아요?"

"아닌가요? 죄송합니다."

그녀가 웃으며 주영 옆으로 왔다. 그녀가 자리에 앉을 때 테이블에 놓여 있는 커피에서 순간 뜨거운 김이 훅하고 새어 나왔다.

"고양이가 전부 앞발 하나를 들고 있네요. 꼬마병정이 인사하는 것 같아요."

"복 고양이 마네키네코라고 하더라구요. 앞발을 든 이유는 손님이나 돈을 부른다는 의미라고 합니다."

"사장님 카페 좀 특이해요. 여기저기 부적 같은 게 꽤 많네요."

"눈치 채셨군요. 사람들 잘 모르던데..."

사실 풍경 종, 부엉이 벽시계, 마네키네코, 해바라기 꽃, 등등 구석구석에 주영엄마의 아들을 위한 염원이 여기저기 숨겨져 있다. 마네키네코 10마리를 창틀에 놓았다. 손님들은 복고양이인 것을 알고 일부러 만지고 갔다. 잃어버릴까 걱정했는데 손님들은 가져가지 않았다. 남의 복을 훔치면 자신이 가지고 있던 복이 나간다는 말을 주영도 들은 적이 있다.

"혹시 불편하신가요? 이런 물건들이?"
"네? 왜 그런 질문을 제게? "

그녀는 놀라서 계산대에 벌써 가서 서 있는 주영을 보며 물었다. 목소리가 조금 탁해진 것 같았다. 주영은 괜한 말을 한 것 같아 못 들은 척 컵을 소리 내여 정리하고 있었다. 사실 무슨 말을 해야 할지 딱히 생각이 나지 않았다. 또 이야기가 이상하게 흘러가는 것 같아 멈추고 싶기도 했다. 그녀도 주영의 대답에 별 관심이 없는 듯 커피잔을 들었다. 그녀는 1시간을 그렇게 하염없이 앉아 있다가 나갔다. 주영이 계속 그녀를 주시하고 있어서 그런지 1시간은 이상하게 빨리 지나갔다.

주영은 그녀를 처음 본 날부터 심장이 쿵쿵거렸다. 호기심인지 설렘인지는 잘 모르겠지만 그녀를 바라보고 있으면 왠지 마음 한구석이 아려왔다. 힐끔힐끔 본 것만으로는 그녀의 나이도 가늠하기가 쉽지 않았다. 마른 체격에 그녀에게서 풍기는 맵시는 30대 중반이라고 해도 될 듯했다. 유니폼인 듯 아닌 듯 한 원피스를 또 입고 와서 회사가 이 근처인가 생각했다. 선글라스 때문에 표정을 잘 읽을 수는 없지만 그리 밝은 것 같지는 않았다. 주영 얼굴도 그리 환한 얼굴은 아니라 억지로 웃으며 반기려 노력했다. 왠지 그래야 그녀의 기분이 좀 나아질 것 같았다.

그녀는 커피를 거의 마시지 않았다. 커피 잔을 들고 마시는 것 같긴 한데 그녀가 자리를 뜨고 나면 싸늘한 커피만 그대로 컵에 가득 있었다. 주영은 속상하기도 하고 미안하기도 했다. 그래도 매일 제시간에 들어오는 걸 보면 아주 못 마실 정도는 아닌데 왜 거의 마시지 않고 입만 대고 가는지 이해할 수가 없었다. 주영은 이유를 물어보고 싶어 기회만 엿보고 있었다.

다음, 다음 날도 그녀는 여전히 오후 3시 정각에 카페 문을 열고 곧바로 정해 놓은 테이블로 당연한 듯 가서 앉았다.

그녀가 오는 오후 3시는 그녀가 방문한 이후로 한 번도 손님이 오지 않았다. 있던 손님도 3시 전에는 나갔다. 다음 손님은 4시 이후에 들어 왔다. 주영은 처음 며칠은 그녀의 독특한 행동과 매일 똑같은 옷을 입고 나타나는 그녀에게 마음이 쓰이는 것이 호기심이라고 단정했다. 점 점 모든 게 궁금해졌고 좀 더 이야기를 나누고 싶었다. 그녀가 온 다음날부터 주영이 직접 커피를 가져다주었다. 그녀에게 좀 더 가까이 가서 그녀의 분위기와 향기를 살짝 음미해 보고 싶기도 했다. 사실 대화를 좀 더 많이 해볼 기회를 만들고 싶었다. 어느 날은 그녀가 자리에서 일어나 계산대 쪽으로 왔다. 에어컨보다 냉한 한 줄기 바람이 주영의 코끝을 스쳤다. 주영은 순간 창문이 열렸나 주위를 둘러보았다. 창문은 굳게 닫혀 있었다. 주위의 시끄러운 소리가 들어오지 않도록 창문은 항상 닫아 놓았다. 에어컨은 무풍으로 살짝 찬 공기만 만들어 놓아도 되는 10월 중순이었다. 주영은 그녀도 찬 공기를 느꼈을까 하고 쳐다보았다.

"오늘은 아이스 아메리카노로 주세요. 좀 덥네요."

그녀는 안경을 밑으로 살짝 내리고 웃으며 말했다.

"혹시 핫 커피가 맛이 없나요?' 커피가 항상 그냥 있어서요."

'커피를 드시는 것 같은데 그냥 남아있네요' 라는 말을 하고 싶었다. 하지만 그 말을 목구멍으로 삼켜버렸다. 핫 커피가 맛이 없어서 아이스로 시켰나 라는 자책감이 들었기 때문이었다. 주영은 그녀를 쳐다보지도 못하고 말없이 에스프레소 추출기만 바라보았다. 그녀는 오히려 미안하다는 듯 약간 고개를 숙이며 작은 목소리로 말했다.

"미안합니다."
"아니요. 제가 죄송하죠."

주영이 당황해하자, 그녀는 두 손을 들어 손사래를 쳤다. 커피를 남기는 것이 전혀 주영의 잘못이 아니라는 듯. 주영의 얼굴이 화끈거렸다. 좋은 대화가 많은데 쓸데없는 주제로 이야기를 나눈 것이 아쉬웠다. 그녀가 카페에 온 이후로 주영은 거의 하루 종일 그녀를 생각하고 있었다. 그녀 생각을 할수록 그녀를 똑바로 보기가 더 힘들어졌다.

주영은 같은 기계에서 내리는 커피지만 더 힘 있게 정성스레 핸들을 잡고 온 마음을 다해 커피를 내렸다. 얼음을 넣고 커피를 그녀 앞에 가져갔을 때도 미안한 마음과 설레는 마음에 손이 약간 떨렸다. 하마터면 쟁반을 엎을 뻔했다. 만약 그랬다면 자신한테 너무 화가 나서 용서할 수 없었을 것이다. 손이 떨리는 것을 숨기기 위해 손 힘줄이 보일 만큼 쟁반을 꽉 움켜쥐고 그녀가 앉은 테이블에 겨우 올려놓았다.

"여, 여기 있습니다. 오늘은 케이크를 준비했습니다. 커피와 함께 드세요."

주영은 식은땀까지 흘렸다. 그녀는 놀란 눈으로 선글라스 위로 빠끔히 쳐다보았다. 주영과 눈이 마주쳤다. 눈이 예뻤다. 주영의 가슴이 두근거렸다. 모태솔로도 아닌데 그녀 앞에서는 자꾸 얼음이 되는 자신이 정말 실망스러웠다. 주영은 어색함을 감추기 위해 무슨 말이라도 하고 싶었다. 주영은 떨리는 목소리를 꾹꾹 눌러가며 천천히 물었다.

"항상 어디를 그렇게 보고 계셔요?"

사실 이 모든 것이 사전 연습에 연습을 해온 질문이기도 했다.

어쩌면 자신에게 관심이 있을지도 모른다는 설렘으로 주영의 얼굴이 불그스레 상기되어 있었다. 그녀는 갑자기 시무룩해졌다.

"네? 음… 저기 귀신 안 보여요?

주영은 예상하지 못한 대답에 마치 자기 생각이 들킨 것처럼 어찌할 바를 몰랐다.

"제가 너무 실례되는 질문을 했군요. 죄송합니다."
"아닙니다. 사실 이 카페 너무 오고 싶었어요."

"네? 그러셨어요?"

주영은 순간 너무 놀라서 거의 소리 지를 뻔했다. 자신의 카페가 이렇게 오고 싶은 장소가 될 수도 있다는 것이 신기했다. 곧 접어야 할지 말아야 할지 고민 중인 그에게 한 줄기 희망의 빛이 보이는 것 같았다.

"조용히 혼자 이 시간을 즐기고 싶었어요."

그런데 조용히 있고 싶다는 뒷말에 주영의 마음이 다시 나락으로 떨어졌다. 주영은 서둘러 자리를 벗어났다. 그녀가 카페에 온 목적이 자신이 아닌 것 같아 실망이 컸다.

주영은 대학교 3학년 때 군대에 입대했다. 군대에서 훈련 도중 산에서 구르는 바람에 다리가 골절되어 제대를 두 달 앞두고 조기 퇴역했다. 원래도 운동을 좋아하지 않은 터라 다리가 조금 절어도 생활에 지장을 느끼지 못하고 살았다. 자기가 장애인이란 것에 괴로워하거나 실망스러워하지도 않았다. 나이에 비해 겉늙어 보인다는 소리를 많이 듣고 있지만 그도 딱히 신경 쓰이지 않았다. 그래도 대학 시절에는 작은 체격에 아이돌 같다는 이야기를 많이 들었다. 지금은 군대에서 사고 때 생긴 볼을 가로지르는 큰 흉터 때문에 성질이 좀 있어 보인다고들 했다. 거기다 꾸미지 않고 수염도 제대로 깎지 않아 더 그래 보였다.

주영은 사고 후유증으로 신경통과 위장병이 주기적으로 찾아왔다. 한 번 아프기 시작하면 며칠을 침대에서 나오지 않아 엄마의 애간장을 태웠다. 주영 엄마는 주영을 아직도 어린 철부지 아들 취급했다. 주영의 취미는 찰흙으로 무엇인가를 만드는 일이었다. 대학에서 도예나 조소를 전공하고 싶었지만, 엄마의 반대로 포기했었다.

"그런 일은 돈이 안 돼. 선생을 해봐. 제일 철 밥통이야."

군대를 퇴역한 후 대학에 복귀했지만, 적성에 맞지 않는 수학 교육은 인생의 큰 고비를 넘긴 그에게 아무런 의미가 없었다. 3개월을 넘기지 못하고 다시 영구 중태를 결심하게 되었다. 1년만 있으면 졸업장은 받을 텐데 대학을 포기한 주영의 결정에 주영 엄마는 주영과 싸우다 지쳐서 질 수밖에 없었다. 주영은 한동안 인생을 포기한 듯 술에 절어 살았다. 그래도 그를 잡아 주었던 건 찰흙으로 무엇인가를 만드는 것이었다. 마치 은둔형 외톨이를 자처한 사람처럼 하루 한 끼로 살고 있었다. 야망도, 희망도 없이 지내는 주영을 바라보는 주영 엄마는 애가 탔다. 주영 엄마는 아들을 달래고, 소리 지르고, 윽박지르며 아들과 많이 싸웠다. 서로 사이가 점점 나빠지고 있었다. 엄마가 보기에 주영이 한창 사회생활을 하고 즐겁고 행복하게 살아야 할 나이인데도 애들 하는 짓거리나 하고 있으니 항상 아들이 못마땅했다. 주영은 빠져나올 기미가 전혀 보이지 않는 긴 터널 속에 갇혀 있었다. 주영 자신도 수렁에 빠지고 있다는 것을 느끼고는 있지만 딱히 빠져나오고 싶은 생각도 없었다. 침대에 누워 있는 시간이 늘어났다.

어느 날 대낮에 방문 밖에서 수런수런하는 소리가 들려 방문에 가만히 귀를 대고 들었다. 여러 사람이 수런거리는 것이 아니라 엄마가 조용히 기도하고 있는 소리였다. 문을 살짝 열어보니 엄마는 십자가 앞에서 가슴을 움켜쥐고 몸을 흔들며 혼신으로 아들을 위한 주문을 걸고 있었다. 엄마가 울고 있었다. 주영엄마는 하나 뿐인 아들이 30이 넘도록 집 안에서만 뒹굴 거리고 있어도 큰 소리 한번 내지 않고 있었다. 아들 걱정에 좋다는 약은 다 지어다 먹였다. 언젠가 옛날 아들로 돌아오겠지 노심초사 눈치만 보고 있었다.

주영은 대낮에도 해를 가리기 위해 커튼을 두껍게 드리우고 침대에서 뒹굴뒹굴하는 자신이 너무 비참한 생각이 들었다. 갑자기 커튼을 열어젖히고 창문을 열었다. 햇볕이 창을 통해 마구 쏟아져 들어왔다. 눈이 부셨지만 견디고 싶었다. 엄마를 위해. 오직 아들 하나만 바라보고 사는 엄마의 기도에 응답을 주고 싶었다.

부모님은 비자금을 탈탈 털어 아들을 위해 이 카페를 열어주기까지 주영은 5, 6년을 허송세월로 보냈다. 엄마는 주영이의 갑작스러운 변화에 모든 것을 다 주어도 아깝지 않다고 생각했다. 혼자 하면 또 언제 손을 놓을지 몰라 함께 바리스타 기술을 배웠다. 빵을 만드는 제과제빵 학원과 디저트 만드는 학원도 함께 다녔다. 카페를 운영하는 데 필요한 모든 것을 아들과 함께했다. 새롭게 마음을 다잡고 사회생활을 제대로 해 보겠다는 아들이 정말 고마웠다. 이렇게 희망을 품고, 두 사람은 카페를 열었다. 카페 운영이 그리 만만하지는 않았다. 제법 단골손님도 생겼지만 대부분 엄마 친구였다. 겨우 현상 유지만 하고 있었다. 큰길가에 대형 카페가 많이 생기다 보니 골목 카페는 손님들이 찾아오기 쉽지 않았다. 손님들이 다시 찾아오게 할 만한 특별한 무엇인가가 있어야 할 것 같아 노심초사하며 새로운 메뉴를 몇 개 개발했지만, 그도 영 신통하지는 않았다. 점점 카페일이 재미없어졌다. 생각한 만큼 매상이 오르지 않았다. 더구나 적성에 맞지도 않아서 접어야 하지 않을까 고민하고 있었다. 하지만 1년 만에 접는다는 것은 자존심이 허락하지 않았다. 이렇게 심심하고 따분한 하루하루를 보낼 때쯤에 그녀가 느닷없이 나타나서 매일 같은 자리에 앉았다.

"저를 위해 이 자리에 예약 표지 올려놓으시는 것, 저 다 알고 있습니다."

"네. 뭐 사실 예약 석까지 만들지 않아도 될 듯해요. 손님께서 오실 때쯤은 다른 손님들이 아무도 오지 않으니까요."

"죄송합니다. 괜히 영업에 방해가 되는 것은 아닌지요?"

"아닙니다. 안 오실까 봐 더 걱정입니다."

주영의 대답에 그녀는 약간 놀란 듯 고개를 들고 주영을 올려다보았다. 주영은 순간 시선을 어디에 둘지 몰라 허공으로 눈을 돌렸다. 그녀는 아쉬운 듯 입술에 살짝 힘을 주었다. 그런 그녀가 귀여워 보였다. 주영 얼굴이 다시 달아올랐다. 주영은 어디서 이런 용기가 생기는지 약간은 떨리는 목소리로 이런저런 이야기를 하는 자신이 생경했다.

"그런데 왜 항상 3시에 오시나요?"

"음… 뭐 특별한 이유가 있지는 않아요. 그냥 이 시간이 좋아요. 나른한 오후의 달콤한 낮잠 같은 시간! 차 한 잔에 달콤한 케이크까지. 멍하니 이렇게 있는 것도 행복하답니다."

그녀의 목소리가 다시 탁해졌다. 약간 떨고 있다는 느낌을 받고 주영은 놀라서 물었다.

"괜찮으세요? 따뜻한 물 한 잔 드릴까요? 추워 보이시는데 찬 커피를 드셔서…"

그녀는 입술에 힘을 주고 고개를 저었다. 주영은 그녀와 더 많은 대화를 하고 싶었다. 하지만 혼자 조용히 있고 싶다는 그녀의 말이 생각났다. 주영은 너무 나대지 말아야 한다고 자신을 다독였다. 주영이 자리를 뜨기 위해 몸을 돌렸을 때 그녀가 다시 물었다.

"그런데, 혹시 저 못 알아보겠어요? 몇 번 본적이 있는데…"
"네? 정말요?"

그녀가 일부러 굳이 이 카페를 온 이유가 주영을 보기 위해 온 것일 수도 있겠다는 생각이 다시 들었다. 주영의 가슴이 쿵당거리기 시작했다.

"제, 제가 어 어디서 만났었죠?"

주영은 말까지 더듬거렸다.

"글쎄요. 어디서 뵈었을까요? 후후"

그녀는 농담도 했다. 몇 마디 나누지 않았는데 벌써 한 시간이 지났는지 부엉이가 "땡"하고 울렸다. 그녀는 일어서며 약간 비틀거렸다. 주영은 두, 세 발짝 떨어져 있는 그녀를 부축하기 위해 점프하다시피 뛰어 그녀의 팔을 잡았다. 얼음처럼 차가웠다.

"담요라도 드릴까요? 몸이 많이 추우신듯한데…"
"괜찮아요. 좀 있으면 나아져요. 내일 또 봬요. 이 시간에."
"네. 병원에 꼭 가보세요. 몸이 많이 안 좋으신 듯해요."

그녀는 웃으며 문으로 걸어갔다. 그리고 다시 돌아보았다.

"저기, 사장님. 아니 카페 주인님! 머리 기르지 마세요. 짧은 머리가 귀여운 얼굴에 더 잘 어울리세요."

그리고 그녀는 다시 떠났다. 하지만 이번에는 말없이 가는 것이 아니라 내일 또 보자는 인사까지 하고, 주영의 외모에 관심까지 보였다. 주영은 벌겋게 달아오른 얼굴을 감쌌다. 손님이 곧 들어왔다.

주영은 군대를 조기 제대한 후로 여자와 연애다운 연애는 해보지 못하고 있었다. 사고 이후로 다리를 절고 얼굴의 상처에 대학교도 중퇴이니 누가 데이트를 받아 주겠나 싶었다. 주영이 아예 소개팅도 거절하기 일쑤였다. 사실 여성과 사귀는 것이 주영에게는 이제 어색하기까지 했다. 몇 번의 소개 데이트에 할 수 없이 개 끌려가듯 나간 적이 있었지만, 번번이 퇴짜를 맞았다. 직업도 제대로 없고, 얼굴에는 야망이라고는 찾아볼 수도 없는 남자를 누가 좋아할까 싶어 본인이 먼저 상대 여자에게 흥미를 가지지 않았다. 아니 주영에게 흥미를 보이면 오히려 의심했다.

카페를 연지 1년이 지났지만, 여자에게 마음이 가고 말을 걸고 싶다고 느낀 사람은 그녀가 처음이었다. 매일 오후 3시가 기다려지고, 별거 아닌 말 한마디를 걸기 위해 연습까지 하는 자신이 정말 어이없었다. 매일 오후 3시부터 4시까지 겨우 한두 마디 나누지만, 그 한 시간을 위해 24시간을 기다려도 지겹지 않을 듯 설레기까지 했다. 아니 즐거웠다. 시작이 어렵지 일단 마음을 열고 말을 트기 시작하면 그녀와 친구 같은 사이가 될 수도 있지 않을까 내심 기대감도 생겼다. 주영은 피식 웃으며 그녀가 골목 끝으로 사라지는 모습을 창밖으로 한참을 바라보았다.

그녀가 말해 주기 전 꼭 그녀를 알아봐야 한다는 의무감이 생기기 시작했다. 골똘히 생각하느라 나중에 들어 온 손님의 주문을 놓치기도 했다.

그날 밤은 내내 그녀 생각에 밤잠을 설쳤다. 새벽녘에 위경련이 일어났다. 늘 달고 사는 위장병이지만 이번에는 심상치 않은 조짐을 보였다. 결국 아침에 병원으로 먼저 출근하는 불상사가 생겼다. 12시가 다 되어 초췌해진 모습으로 카페로 갈려고 병실에서 일어났다. 주영 엄마는 아들을 극구 말렸다. 주영은 일어날 때 몸이 휘청거려 다시 병원 침대에 주저앉았다.

"아서라. 오늘은 내가 카페 있을게."

주영은 순간 오후 3시를 떠올렸다.

"집에서 잠깐 쉬었다가 오후 3시 전에는 갈게요. 그때까지만
봐주세요."

"아니다. 오늘은 푹 쉬어. 문을 좀 빨리 닫으면 되니까."

"아니에요. 좀 있으면 좋아질 것 같아요. 3시까지는 꼭 갈게
요."

3시까지를 강조하는 주영을 주영 엄마는 의아하게 바라보았
다. 주영은 집으로 돌아왔다. 집에서도 그녀 생각이 떠나지 않았
다. 위경련도 가라앉지 않았다. 약을 먹고 잠깐 잠이 들었는데,
화들짝 놀라 일어나보니 2시 30분이었다.

휘청거리는 몸을 겨우 끌고 욕실로 들어갔다. 씻기 위해 거울
을 보고 주영은 소스라치게 놀랐다. 나이는 한 50은 족히 되어
보이는 남자가 구부정한 허리로 자신을 쏘아보고 있었다. 그녀
가 한 말이 생각났다. 3시까지 미용실을 들러서 가기에는 시간이
모자랐다. 주영은 귀밑머리에 무스를 잔뜩 발라서 귀 뒤로 넘겼
다. 좀 덜 지저분해 보였다. 오늘은 필히 머리를 잘라야겠다고 다
짐하며 거울 속의 자기 얼굴을 이리저리 훑어보았다. 여전히 환
자처럼 보였다. 엄마의 화장대로 가서 파운데이션을 손에 조금
덜었다. 로션과 섞어서 얼굴에 발라보았다. 조금 섞었는데도 얼
굴이 강시처럼 허옇게 보였다. 주영은 휴지로 얼굴을 한참을 닦
았다. 그리고 다시 로션을 발랐다. 조금은 덜 환자처럼 보였다.

주영은 제일 좋아하는 파랑 체크 셔츠로 갈아입었다. 약간 검은 피부에 잘 어울리는 색이라 주영이 아끼는 옷이었다.

열심히 준비한다고 했지만 30분 이상 늦게 도착했다. 카페가 다가올수록 힘이 솟아났다. 카페 문을 세게 열어젖히고 그녀가 있어야 할 곳을 먼저 쳐다보았다. 앗! 그녀는 없었다!

'오늘은 오지 않은 것인가? 분명히 온다고 했는데. 아니면 내가 없어서 그냥 간 것일까?'

사방을 둘러보았다. 어디에도 그녀는 없었다. 다른 테이블에 손님이 2명 앉아있었다. 주영 엄마는 커피잔을 씻어 올리고는 손을 닦으며 주영에게 다가와 이마에 손을 댔다.

"하지마. 손님도 있는데."

주영은 흠칫 물러섰다. 주영 엄마는 홀을 두러보고 기어이 주영의 이마에 손을 올렸다.

"아직 열이 있네."
"괜찮아요. 그런데 혼자 온 손님은 없었어요?"

주영의 뜬금없는 질문에 주영 엄마는 어깨를 으쓱하며 아들을 찬찬히 살폈다.

"점심때 몇 명 왔고, 조금 전에 두 사람 들어와서 커피 주문했어. 케이크는 아직. 내가 좀 더 있다가 갈까? 아직 얼굴이 아픈 사람 같다."

"이제 가세요. 오늘은 좀 빨리 문 닫고 갈게요."

엄마와 말하면서도 시선은 계속 창가와 그 자리 주변을 살피고 있었다. 그녀가 오지 않은 것이 자신 때문인 듯 미안했다. 왜 오지 않았을까 궁금했다.

"젊은 애가 왜 그렇게 위는 약해가지고… 내일 보약이라도 한 재 지으러 가자."

주영 엄마는 화가 나서 휑하니 카페를 나갔다. 주영 엄마가 떠난 후 주영은 계산대에 들어가 앞치마를 둘렀다. 계산대에서 대각선 방향, 늘 그녀가 앉았던 자리를 멍하니 바라보았다. 그녀가 앉은 자리에서 과연 그녀는 무엇을 보고 있었을까 갑자기 궁금해졌다. 한 번도 그 생각을 해 보지 못했었다. 주영은 벌떡 일어나 그녀가 항상 앉았던 자리로 가서 앉아보았다.

사실 그 자리는 그리 좋은 자리는 아니었다. 똑바로 바라보면 계산대라 막혀 있고 오른쪽 45도 각도 안에 도로가 있었다. 도로 건너편은 미장원과 편의점이 있어 경치가 그리 좋은 편은 아니었다. 차라리 뒤쪽이 훨씬 운치가 있었다. 엄마의 성화로 미니 정원을 꾸며 놓았다. 온갖 행운과 건강을 불러온다는 생화와 조화가 뒤섞여 있고, 계절별로 꽃이 바뀌어서 손님들이 탄성을 자아내기도 했다. 하지만 그녀는 그런 정원을 뒤로 하고 항상 편의점과 미용실을 응시하고 있었다. 주영은 그녀가 앉은 자리에서 편의점과 미용실을 뚫어지게 바라보았다. 미용실이 제일 편하게 보였다. 손님이 많아 보였다. 한참을 멍하니 바라보고 있던 주영은 순간 머리를 스치는 한 가닥 기억을 잡아냈다.

주영은 벌떡 일어나 카페 문을 박차고 나갔다. 길을 가로질러 미용실로 돌진했다. 이제 기억이 선명해졌다. 그녀였다. 미용사! 두 달 전쯤에 주영의 머리를 감겨 주었던 이가 그녀였을 것이다.
미용실 문을 열고 들어갔다. 그녀는 없었다. 손님들이 제법 많이 드나드는 미용실이지만 그 손님들이 주영의 카페에 오지는 않았다. 미용실 한편에 휴식 공간이 있어 온갖 차와 음료와 간식이 제공되었다.

"커트하러 오셨어요?"

직원이 다가왔다.

"아니요. 뭐 좀 물어보려고요."

하지만 정작 그녀의 이름을 몰랐다.

"저 혹시 머리는 어깨 정도까지 오고요, 갈색 머리에 선글라스 끼고 다니시는 분 여기서 일하지 않나요? 키는 이 정도 되는 것 같아요."

직원들끼리 서로 쳐다보더니 고개를 저었다.

"네? 긴 머리 없고요. 더구나 선글라스 끼고 여기서 일하지는 않아요. 그런 사람 없는데요."

주영은 자기가 잘못 설명한 것인지 아니면 기억이 잘못된 것인지 고개를 갸우뚱하며 미용실을 나섰다. 그때 여직원이 하는 말이 들렸다.

"그 언니 말하는 것 아닌가? 출근할 때 보면 항상 머리 풀고 선글라스 끼고 오더라고."
"은혜 말하는 거야?"

그녀의 이름이 은혜. 그때 이어지는 말이 주영에게 날아와 날카롭게 꽂혔다.

"근데 1주 넘어 뇌사상태로 있다가 오늘 아침에 숨 거두었는데."

주영은 다시 위가 쓰려 와서 위를 움켜잡았다. 다리에 힘이 풀려 문에 기댔다.

"손님! 괜찮으세요? 아픈 것 같아요. 근데 혹시 요 앞 카페 주
인 아니세요? 지금 보니까 몇 번 청소하시는 모습 본 것 같아
요."

미용실 직원이 뛰어와 문에 기대있는 주영을 잡아 주었다.

"사장님 찾는 사람이 은혜 언니 같은데요. 그 언니는 왜 찾으
시는데요?"
"저… 그냥 뭐 물어볼 게 있어서요? 아까 하신 얘기가 무슨 말
인가요? 무슨 일이 생겼나요?"

주영은 목에 걸려 나오지 않는 목소리를 억지로 끌어올리려 애
쓰며 쉰 목소리로 물었다.

"네, 한 일주일쯤 됐나, 퇴근하다가 오토바이 사고가 났어요.
여태 병원에 있다가 오늘 아침에 운명했어요. 사실 언니는 사장
님 카페 가고 싶어 했어요. 카페에서 한가하게 앉아 있는 사람들
을 보며 자신도 그렇게 한가로운 시간 가지고 싶다고 입버릇처럼
말했어요. 결국 그런 소박한 꿈을 이뤄보지도 못하고 갔네요."

주영은 비틀거리며 뛰듯이 카페로 돌아왔다. 손님께 양해를 구

하고, 카페 문을 걸어 잠그고, closed 사인을 걸었다. 블라인드를 내리고, 카페 불을 끄고, 그녀가 앉았던 자리로 갔다. 속쓰림이 위에서 가슴으로 차 올라와 숨이 가빠 왔다. 눈물이 났다. 주영은 군대를 다녀온 후로 한 번도 울어 본 적 없는 울음을 끄윽 소리를 내며 울었다. 왜 눈물이 나는지 왜 소리를 내며 우는지 이해할 수 없었다. 끄윽 거리는 소리가 신호등 앞에서 자동차가 급정거하는 소리와 섞여 사람 소리인지 아닌지 구분이 되지 않았다.

사실 주영은 그녀를 잘 몰랐다. 일주일 정도 그녀를 보았고 시간으로 계산하면 겨우 6시간 정도일 것이다. 그동안 특별히 대단한 대화를 나누지도 않았다. 세상에는 매일 많은 사람이 죽어간다. 밥을 맛있게 먹으면서 뉴스나 영화에 나오는 끔찍한 주검을 보기도 한다. 그렇다고 해서 입맛이 떨어지거나 슬프지도 않다. 그런데 그는 마치 연인이, 친구가 죽은 것처럼 슬피 울었다. 주영은 그날 오후는 문을 닫기로 했다. 미용실로 다시 갔다.

"저기, 그 은혜라는 분 장례식장 좀 알려 주세요."
"네? 혹시 그 언니랑 잘 아는 사이예요?"
"아뇨. 아니, 네. 좀 알아요."
"춘천 장례식장입니다."

주영은 고맙다는 말을 몇 번이나 하며 미용실을 나왔다.

주영은 커피를 내려 텀블러에 담고, 커피잔 세트를 가방에 넣어 춘천 장례식장으로 향했다. 장례식장으로 들어가서야 선글라스를 벗은 그녀의 온전한 얼굴을 볼 수 있었다. 선글라스 너머로 빼꼼이 보던 눈을 정면으로 보니 옛 친구를 만난 듯 반가웠다. 세상 근심걱정 없이 천진하게 웃고 있었다. 주영은 마음이 너무 아팠다. 주영은 그녀의 생년월일을 보고 깜짝 놀랐다. 주영과 같은 나이에 생일 달이 같았다. 날짜만 하루 주영이 빨랐다. 어쩌면 태어났을 때 같은 병원에 같은 영아실에 있지 않았을까 하는 생각이 들었다. 주영은 그녀가 자신에게 나타난 것이 우연이 아닌 필연으로 애써 만들고 싶어졌다. 그녀의 엄마인 듯 언니인 듯한 상주가 주영을 맞아 주었다. 상주에게 절을 하고 주영은 특별한 부탁을 했다.

"저기요. 신 은혜 씨가 저의 카페에서 커피 마시는 것을 좋아했어요. 제가 커피 한잔을 올려도 될까요?"

주영은 보온병에 담아온 커피를 가지고 간 커피잔에 부었다. 커피를 향 옆에 올리고 다시 부탁했다.

"제가 커피 식을 동안만 저 구석에 조금만 앉아 있다 가도 될까요?"

"네 그러세요. 카페 주인께서 기억을 다 해 주시고 이렇게 와 주시니 감사합니다."

주영은 구석에 앉아 커피가 다 식을 때 까지 않아 있었다. 문상 온 사람들이 누구냐는 듯 힐끗힐끗 쳐다 보았다. 주영은 아랑곳 하지 않고 망부석처럼 한참을 앉아 있었다. 주영은 밝게 웃고 있는 사진 속의 그녀를 보며 결심한 듯 마음속으로 속삭였다.

'은혜 씨, 병원에 계실 때 오셨던 것처럼 카페 들러 주세요. 3~4시는 은혜 씨만을 위해 카페를 비워 놓겠습니다.'

주영은 무섭지 않았다. 이상한 일이 일어났다고 생각하지도 않았다. 그냥 그녀를 알게 되었고 잠시 설렜지만 오래 간직하고 숨겨놓고 싶은 옛 애인으로 생각하기로 했다. 카페 문을 닫을까 심각하게 고민하고 있었는데, 이제는 카페 문을 절대로 닫으면 안될 이유가 생겨서 의욕까지 솟아났다. 사진 속에서 그녀가 주영을 보고 더 활짝 웃으며 무언의 응답을 주었다. 그날 장례식을 나와 바로 미용실로 갔다. 그녀가 충고한 대로 머리를 짧게 잘랐다. 머리를 자르고 집에 돌아온 주영을 보고 주영 엄마는 낯선 사람 만난 듯 입을 막았다. 다음날, 주영은 파랑 체크 남방에 검정색 정장바지를 갖추어 입었다.

"오늘 무슨 일 있니? 우리 아들 오늘은 멋지네. 맨날 좀 그러고 다녀."

주영은 일찌감치 집을 나와 백화점으로 갔다. 거기서 제일 고급스러워 보이는 커피 잔 세트와 세 개의 초를 꽂을 수 있는 고

풍스러운 촛대를 샀다. 그리고 푸른색이 살짝 도는 백자 꽃병도 샀다. 오후 3시, 주영은 카페 문에 팻말을 걸었다.

'오후 3시부터 4시까지는 문을 닫습니다. 죄송합니다.'

주영은 혹시나 하고 그녀를 기다리기로 했다. 자기에게 일어난 있을 수 없는 사건을 누구에게도 말할 수는 없었다. 카페의 모든 블라인드를 내리고 문을 걸어 잠그고 불을 껐다. 커피를 정성으로 내리고, 은혜만을 위한 커피 잔에 커피를 담고, 직접 만든 케이크 한 조각을 접시에 담아 그녀가 앉았던 테이블에 놓았다. 백화점에서 산 촛대에 초를 켰다. 그녀의 흰 눈동자 색을 닮은 백자에 꽃을 꽂았다. 그리고 그녀를 기다렸다. 그녀는 오지 않았다. 하지만 주영은 매일 그녀를 기다렸다.

주영 엄마는 갑자기 달라진 아들의 모습이 좋으면서도 걱정 되었다. 더구나 오후 3시부터 4시까지 문을 닫는다는 팻말을 걸어놓은 것이 이해가 되지 않았다. 물어보아도 웃으며 말도 안 되는 말을 했다.

"그 시간이 제일 쉬고 싶은 시간이에요."
"카페 장사도 이제 조금씩 잘 되가는데, 이게 무슨 해괴한 짓이야? 오후 3시는 손님이 제일 많은 시간 아닌가?"

아들의 행동이 마음에 들지 않았다. 그렇다고 다 큰 아들에게 너무 잔소리할 수도 없었다. 사실 주영이 그 안내문을 걸고부터 얼굴이 밝아졌다. 카페 일에 취미를 붙이고 마치 큰 소명을 가지고 있는 듯 카페를 애지중지 아꼈다. 주영 엄마는 항상 얼굴에 근심을 가득 안고 사는 것처럼 보이는 아들의 얼굴이 조금씩 밝아지고 있어 내심 흡족했다. 도대체 오후 3시에 무엇을 하는지 알 수는 없지만 더 이상 물어보지 않기로 했다. 혹시 여자 친구라도 생겼을까 내심 기대하고 있었다.

카페에 있던 손님에게 돈을 돌려주면서까지 3시에 쫓아내는 주영에 대해 소문이 나기 시작했다. 버티칼 사이로 언뜻 보이는 촛불의 실루엣을 보고 사람들은 귀신일 지도 모른다는 말을 지어내 퍼뜨리기 시작했다.

'그 카페 1시간 동안 지켜봤는데 아무도 안 들어갔어.'
'혹시 귀신이 오나. 요상한 카페야.'

온갖 소문이 난무했고 마침내 귀신이 오는 시간이란 이야기까지 SNS에 올라왔다. 사람들의 호기심을 자극하는 말들과 여러 억측 기사로 도배하더니 이상한 유튜브가 여기저기 만들어지기 시작했다.
'귀신이 찾는 카페', '오후 3시의 손님', '귀신이 볶는 커피', 등등. 귀신이라는 글을 치면 주영의 카페가 제일 먼저 올라올 정도로 소문이 났다.

카페는 사람들로 꽉 찼고 연일 유튜버들이 들락거렸다. 주영의 커피 볶는 솜씨도 베테랑이 되었다. 점차 커피 맛이 좋다는 소문이 돌기 시작했다. 그 소문 뒤에는 '귀신이 함께 볶는 커피'라는 말이 꼭 따라붙었다. 시간이 갈수록 호기심은 조금 식어갔지만, 카페는 여전히 사람들로 붐빈다.

오후 3시부터 4시를 빼고. 사람들은 이제 알아서 3시 전에 자리를 떠난다. 주영은 오후3시부터 한 시간 동안 직원도 내보내고, 그녀가 앉았던 테이블을 깨끗이 닦고 하얀 테이블보를 씌운다. 철마다 다른 꽃을 하얀 백자 화병에 넣는다. 백자 화병은 유난히 하얀 피부를 가진 그녀를 닮은 듯해서 구입했다. 비싼 가격이었지만 주영은 아까워하지 않았다. 촛대에 향이 나는 초를 꽂고, 커피를 정성스레 내린다. 한 세트에 2십만 원을 주고 산 그녀만을 위한 커피 잔에 커피를 따른다. 카페에서 제일 인기 있는 케이크 한 조각을 그녀만의 접시에 담는다. 그리고 그녀의 테이블에 올려놓는다.

주영은 그녀가 앉았던 의자 맞은편에 앉는다. 한 시간 동안 테이블에 있는 촛불을 응시할 뿐이다. 사람들도 문밖에서 온갖 억측의 이야기를 나누며 1시간을 즐겁게 기다린다. 그런 손님들을 위해 밖에 벤치까지 놓아두었다. 상술로 사람을 현혹한다는 신문 기사도 나왔다. 하지만 주영은 꿋꿋하게 오후 3시부터 4시까지 영업을 하지 않는다. 하루 중 1시간의 비밀스런 데이트를 위해.

언니의 사생활

언니의 갑작스러운 부름을 받고 필리핀 공항에 도착했을 때, 비가 내리고 있었다. 오후 3시경이었는데 하늘은 시커먼 구름이 덮여 저녁 같았다. 마치 진회색 커튼을 무겁게 드리운 것처럼 답답한 하늘이었다. 언니 수양딸 수산나와 수산나 남편 게리가 공항에 마중 나와 있었다. 내가 공항 외국인 출구로 나왔을 때 두 사람은 서로에게 몸을 기대고 서 있었다. 아니 수산나가 게리의 허벅지를 껴안고 있었다. 두 사람은 눈에 금방 띄었다. 몇몇 사람들이 두 사람을 이상한 눈으로 쳐다보고 있었다. 그도 그럴 것이 앞에서 보면 게리가 거의 반 정도나 신장이 더 컸다. 옆이나 뒤에서 보면 사람들은 더 놀란다. 수산나는 척추장애인이다. 두 사람은 사람들의 시선은 아랑곳하지 않고 꼭 껴안고 내가 나오는 문을 뚫어지게 보고 있었다.

"이모님! 이모님! 여기에요."

내가 나오자, 몇 번 보지도 않았는데 금방 알아보고 손을 격하게 흔들며 반겨 주었다. 언니와 나는 별로 닮은 구석이 없는데도 바로 알아보는 게 신기했다. 10년 전에 수산나를 처음 사진으로 보고, 4년 전 수산나를 처음 대면으로 만났다. 10년 전 언니가 보여준 사진과 4년 전의 수산나는 말 그대로 환골탈태가 무엇인지를 보여 주었다. 처음 수산나를 필리핀 공항에서 만났을 때 지원과 나는 너무 놀라서 한 걸음 뒤로 물러났었다. 언니는 수산나에 대해 자세한 이야기를 해 준 적이 없었다. 수산나가 장애인이라는 사실을 미리 알았다면 더 기를 쓰고 말렸을 거라는 걸 언니는 알고 있었다.

언니에 대해서 말하려면 수산나를 빼놓을 수가 없다. 언니의 종착지였고, 언니의 안식처였으며 언니의 아기요 어머니였으니까. 여기서 수산나를 먼저 이야기할 수는 없다. 수산나는 마지막 등장인물로 언니 사생활의 숨겨둔 병기 같은 존재였으니까.

언니는 나에게 엄마가 돌아가시고 엄마의 부재를 메꾸어 준 엄마 같은 사람이었다. 사실 나는 언니와 그렇게 살갑게 가까운 사이는 아니었다. 오히려 동생과 더 가까운 사이었다. 동생에게 언니는 엄마가 살아계실 때나 돌아가신 후에도 항상 엄마 같은 존재였다. 하지만 동생과 언니는 서로 연락하지 않고 지낸 지가 10년은 되어간다. 내가 보기에 문제 같지도 않은 일로 사이가 틀어졌다.

언니가 퇴직금을 은행에 저축하고 있을 때 이자를 많이 준다고 친구에게 돈을 빌려주라고 소개했었나. 일 년 동안 이자를 꼬박꼬박 잘 챙겨 주었다. 언니도 은행보다 높은 이자에 돈 불리는 재미가 좋았다. 그런데, 일 년 뒤에 동생 친구의 가게가 망했다. 완전히 망한 것은 아니었는지 바로 다른 음식점을 열었다. 언니는 동생이 소개해 준 사람이라 동생이 당연히 중간 역할을 해 줄 줄 알았지만, 동생은 나 몰라라 했다. 그 당시 동생도 남편 사업이 잘되지 않아서 음식 장사를 시작해야 했다. 그때 언니는 열심히 여행 다니고 있었다. 언니가 한 번 해외여행 가지 않고 자기를 도와주면 큰 도움이 될 텐데 그러지 않은 것을 동생은 섭섭해 했다. 제 삼자가 보기에 너무 억지 같은 일이 동생에게는 아니었다. 언니는 엄마 같은 존재이기 때문에 당연히 그래야 한다고 생각했다. 서로의 기대가 어긋나면서 관계는 깨졌다. 그 문제로 동생은 언니를 점점 멀리했다. 내가 중간 역할을 하려고 시도했지만 내 전화도 받지 않았다. 안부 문자에도 답하지 않았다. 잠깐 묻어두고 살자, 하고 미루었는데 시간은 10년을 건너뛰어 버렸다. 우리 세 자매의 달콤한 행복은 그렇게 10년 동안 침묵하고 있었다. 아무리 좋은 추억도 금전 문제 앞에서는 명함도 내밀지 못했다.

사실 언니는 성격상 옆에 어려운 사람이 있으면 보듬어 주어야 직성에 풀리는 사람이 맞다. 하지만 그 당시는 언니도 힘든 시기였다. 자식 문제로도 머리가 아플 지경인데 동생까지 신경 쓸 여유가 없었다. 언니도 살아야 했을 것이다. 나는 약간 자기밖에 모르는 에고이스트 성향을 가진 사람이다. 언니와는 정반대되는 성격을 가졌다. 언니가 자식을 대하는 태도와 자식에게 바라는 것들이 나와 달라도 너무 많이 달라 언니에게 쓸데없는 충고를 많이 해댔다. 지금 생각하면 정말 부끄럽다. 사람은 누구나 가진 탤런트가 있는데 그렇게 살지 말라는 충고를 했으니, 언니에게는 가당치 않은 쓸데없는 충고였다.

나는 언니가 정말 순탄하고 행복한 결혼 생활을 할 줄 알았다.

언니는 현모양처가 꿈이었고, 희생정신이 좀 강한 사람이었다. 하지만 인생은 정말 살아보지 않고는 모른다. 그렇다고 언니가 인생을 헛살았다든가, 언니의 삶이 마음 아프다든가 하는 것은 절대로 아니다. 언니의 삶은 기록으로 남을 만한 삶이었다고 감히 말할 수 있다. 아무나 그렇게 살 수 있는 것은 아니었으니까.

언니의 인생을 들여다보면 3번의 롤러코스터를 탔다는 생각이 든다. 한 번의 롤러코스터도 탄 기억이 없는 나와는 다른 삶에 고개가 절로 숙여 진다. 언니의 인생을 고이 간직하여 기록에 남기고 싶은 생각이 이 철부지 에고이스트에게 들 정도니 과히 평범한 삶을 살지는 않았던 게 분명했다. 물론 모든 게 언니의 선택이었겠지만 어떻게 순간순간 그런 결정을 하고 살았을까 생각해 보면 나는 절대로 그런 결정을 할 수 있는 위인이 아니다. 언니는 온몸으로 인생을 받아들이고 개척하며 살았다. 용감했고, 단호했다.

언니의 첫 번 롤러코스터는 이혼과 재혼이었다. 첫 남자와 15년 살고 이혼했다. 그때 언니 나이가 45세. 남자라는 말로 성이 안 풀리는 그놈. 그놈이 큰딸 서원의 안경을 벗기고 얼굴을 때리는 바람에 언니는 바로 이혼을 결심했다. 자신을 때리는 것까지는 참을 수 있는데 자식 때리는 것은 참을 수가 없다. 사실 한 참 사춘기인 큰딸 서원이 먼저 나서서 언니에게 이혼을 종용했다. 결혼 초부터 작은 폭행이 있었지만 아무도 몰랐다. 이혼한 후에야 언니가 종종 맞고 살았다는 이야기를 들었다. 그놈과 살 때는 해외여행은 고사하고 국내 여행도 제대로 다니지 못했다고 했다. 언니는 결혼 후 광주에 살았고, 나는 서울에 살고 있었기도 했지만, 언니의 사정을 들어 줄 만큼 그때는 어른이 되지도 못했다. 언니는 이혼하고 5년 후에 재혼했다. 이때는 나도 좀 어른이 되었다고 생각했는지, 재혼하지 말라고 충고 같지도 않은 충고를 했었다. 하지만 언니는 외로웠으며 옆에 언니만 위해주고 언니 편만 들어줄 사람이 필요했다. 새 형부가 딱 그런 사람이었다.

이혼 후 친구 소개로 만났던 지금의 형부 때문에 여행에 눈을 떴다. 형부와 만나기 전에는 워커홀릭으로 두 딸만을 위해 살았다. 형부는 여행 광이었다. 나중에는 언니가 더 적극적으로 여행 가고 싶어 했다. 여행을 많이 다니는 것도 우울증의 한 종류라는데 혹시 형부와 언니도 그런 것일까 걱정되기도 했다. 우울증이건 아니건 우아하고 비싼 우울증 해결책을 가지고 있는 언니가 나중에는 부러웠다. 사실 언니의 여행은 비용이 많이 드는 일이 아니었다. 자유직업을 가진 형부는 매일 수시로 여행 사이트 뒤졌다. 종종 아주 싼 가격에 여행상품이 뜨는 경우가 있다. 예를 들면 자리가 두 자리 남은 경우, 누가 급하게 해약한 경우, 자리가 이쪽저쪽 떨어져 한 개씩 나온 경우, 그러면 거의 3분의 1 가격이나 반 가격에 예약할 수 있는 경우도 많았다. 주로 비행기 표만 예약하고 가는데, 단체 여행이 싸게 나오면 덥석 잘 물어서 다녀왔다. 형부와 언니는 유럽 여행 20일 동안 갔을 때, 각자 크지도 않은 배낭 하나씩 메고 다녀왔다. 배낭에는 고추장과 라면 수프, 팬티 서너 개, 양말 서너 개, 갈아입을 옷 서너 벌이 전부였다. 그것도 한번 신거나 입어서 버리고 올 수 있는 것으로 가지고 갔다. 돌아올 때는 오히려 여행 가방이 가벼워져 있었다. 선물은 당연히 사 올 생각도 하지 않았다. 신발도 여름에는 크룩스 샌들, 겨울에는 방한화 정도가 다였다.

언니는 여행 가면 사진도 찍지 않았다. 전 세계를 돌아다녀도 사진을 찍어 올리지 않았다. 내가 사정사정하면 어쩌다 한 장씩 카톡으로 보내오긴 했다. 사진 찍는 기술이 없는 건지 일부러 그렇게 찍는 건지 정말 웃긴 사진을 보내왔다. 언니는 대부분 뒤통수만 보이는 사진을 찍었다. 사진은 주로 형부가 찍었겠지만, 연출은 언니가 했을 것이다. 언니 부부가 이집트로 여행 갔을 때, 재미있는 사진 한 장을 보내왔다. 거대한 피라미드를 보고 있는 사진이었다. 언니의 뒤통수만 크게 보이고 피라미드는 작게 보였다. 뒤통수의 희끗희끗한 머리카락 몇 가닥이 하늘로 치솟아 있었다. 마치 무엇인가 언니 머리카락을 끌어당기는 것처럼. 아마 형부가 그 순간을 포착했을 것 같다. 그 사진을 보며 문득 궁금했다. '언니는 이때 무슨 생각을 하고 있었을까?' 그래도 나는 왠지 언니의 뒤통수만 보이는 사진이 더 마음에 들었다. 한번은 내가 물었다.

"언니는 여행 가면 사진도 몇 장 찍지 않으면서 무슨 재미로 다녀?"

"인터넷 뒤지면 내가 찍은 것보다 더 멋진 사진 많아. 궁금하면 인터넷 뒤져."

"언니 얼굴 나온 거 말하는 거잖아?"

"내 얼굴 나오면 뭐 특별하니? 못생긴 얼굴 나와 봐야 배경만 망쳐."

"그래도 사진으로 남겨 놔야 나중에 회상이라는 걸 하게 되지 않아?"

"내 눈에 다 넣고 오지. 낯선 나라, 낯선 사람, 낯선 분위기를 만나는 그 순간에 내 눈 속에 내 가슴 속에 넣어버리지."

내 작은 소견으로는 선뜻 이해하기 쉽지 않았다.

"여행 일지 같은 거라도 쓰면 어때? 그럼, 그 분위기를 오래 기억하고 간직할 수 있지 않을까?"

"글? 어렵지. 어릴 때 일기 말고 써 본 적이 없어서. 그리고 그런 기억 오래 간직하고 싶지 않아. 기억이 가물거릴 때 가면 새로울 때가 많아. 완전히 다른 느낌."

"언니. 진짜 궁금해서 묻는 건데. 여행이 왜 좋아?"

"음. 생각 안 해 봤는데. 지금 말해야 하는 건 아니지? 생각 좀 해볼게."

그 대답은 한참 뒤에 들을 수 있었다.

언니의 두 번째 롤러코스터는 미국으로 이민 갔다가 4개월 만에 접고 돌아온 일이었다. 언니는 큰딸이 함께 살자는 말이 마치 구원과도 같았다고 했다. 자식 일이라면 불구덩이라도 뛰어들 위인이 언니였으니, 딸의 제안에 앞뒤 가릴 정신이 없었을 것이다. 무조건 가야만 했다. 형부는 친딸도 아닌 딸과 함께 사는 것이 부담되었지만 언니의 설득에 넘어갈 수밖에 없었다. 그렇게 핑크빛 꿈을 안고 미국으로 떠났다. 집과 모든 가구를 팔고 대형 슈트케이스 2개씩만 들고 미국으로 갔다. 큰딸 서원은 출산하고 힘들었는지 엄마가 빨리 오기를 바랐던 것 같았다. 언니는 딸을 위해 해야 할 일이 있다는 것이 설레고 행복했다. 딸이 좋아하는 밑반찬을 잔뜩 해서 갔다. 나도 마른 멸치, 김, 비빔장 등을 챙겨 주었다. 아마 거의 1년 동안 먹을 수 있는 반찬을 진공으로 포장해서 가져갔다. 딸의 산후조리를 위해서 언니는 살신성인의 정신으로 딸과 손녀를 돌보았다. 하지만 옛날식 산후조리와 요즘 아이들의 산후조리는 아주 달랐다. 그것도 미국과 한국의 문화 차이는 너~무 달랐다. 언니는 딸과 사사건건 부딪치다가 나중에는 입을 닫아 버렸다. 그 당시 나는 거의 매일 저녁 언니와 통화하면서 언니의 푸념을 들어줘야 했다. 언니답지 않은 행동이었지만 오죽 말할 사람이 없으면 나에게라도 풀어 놓고 싶었을까 하는 마음이 들어 충고 없이 듣고만 있으려고 노력했었다. 나는 이제 언니의 인생 상담자가 되어있었다. 언니는 육체적으로도 힘들었지만, 마음으로도 힘든 시기였다. 그런 언니의 모습을 보는 형부의 마음은 편치 않았다. 잠시 쉬지도 못하고 몸을 혹사하다시피 일하는 언니를 말릴 수도 없었다. 그러면 친딸이 아니라서 언니 생각만 한다는 이야기 들을 수도 있었기 때문이었다.

형부는 사실 할 일이 거의 없었다. 하루하루 지루한 나날을 보내며 형부는 후회하기 시작했다. 과연 내가 여기서 살 수 있을까?

그런 작은 의심은 미래에 대한 부정적인 생각을 키웠다. 미국에 살 수 없는 이유만을 찾게 된 것이다. 언어 문제로 오해하는 일이 생겼으며 마음을 닫고 마는 경우가 늘어났다. 물론 형부가 영어를 잘하니 미국 마트에서 아르바이트 자리를 쉽게 구할 수 있었을 테지만 영주권도 없는 사람이 취직하기는 쉽지 않았다. 더구나 언니는 영주권 신청이 바로 되었지만, 형부는 친부가 아닌 것 때문에 영주권 신청을 할 수 없었다.

문화의 갭은 생각보다 깊었고 오해를 키울 여지가 많았다. 마치 고양이와 개의 언어처럼 아무것도 아닌 일로 오해가 생겼다. 아마 몇 달을 같은 집에서 살다 보니 알게 모르게 서로에게 조금씩 불편한 감정이 쌓이고 있었을 것이다. 우리가 배운 영어의 단편적 뜻과 실생활에서의 뜻과는 때로 큰 괴리가 있기도 하다. 언어와 생활 방식과 어른을 대하는 방식에서 서로에게서 바라는 점과 오해의 소지는 눈덩이처럼 불어나고 있었다. 마침내 서로 말로 풀지 못하고 언니와 형부는 화를 냈다. 두 사람은 다시 한국으로 돌아가야겠다고 마음을 모았다. 언니가 형부와 큰딸 사이에서 얼마나 많은 마음고생을 했을까 생각하니 내 머리가 아프다. 언니는 형부를 선택했다. 큰딸 서원은 서원대로 마음에 큰 상처가 되어 엄마에게서 등을 돌리게 되었다. 서원은 언니가 한국으로 돌아온 후로 산후우울증으로 고생을 많이 했다고 했다. 그때부터 언니는 조금씩 내려놓기 시작했던 것 같다. 전투적으로 여행을 다니기 시작한 것도 그때쯤부터이지 않을까 싶다.

큰딸과 연락하지 않고 살면서 언니는 큰딸에게 계속 러브콜을 보냈었다. 미안하다고, 철없는 어미를 용서하라고. 나도 한몫했다. 장문의 편지를 써서 엄마와 다시 화해하라고 부탁했지만, 큰딸 서원은 꿈쩍도 하지 않았다. 언니는 둘째 딸 지원과의 관계도 회복해야 하는 이중고를 겪고 있었다. 미국으로 이민 가려 할 때 둘째 딸은 자신이 버림받았다고 생각했다. 더구나 엄마에 대한 애착이 많은 둘째는 언니에게 좋은 마음을 가지고 있을 리 없었다. 그 일로 딸 둘의 사이도 나빠졌다. 언니는 처음에는 모든 일이 자신 때문이라고 생각하며 전화만 하면 울고 힘들어했다. 어떻게 이런 상황을 풀어나가야 할지 도대체 답이 보이지 않는 안개 속에서 거의 3년을 보냈다. 언니는 항상 머리가 아프다고 했다. 툭하면 몸살감기를 앓았다. 언니는 무기력한 상태에서 허우적대고 있었다. 그러던 언니가 조금씩 변해 갔다. 언니는 마침내 슬픔과 우울의 바닥을 치고 올라오는 것 같았다. 언니의 모든 감정변화를 지켜보았던 나는 이런 변화에 좋아해야 할지 걱정해야 할지 판단이 서질 않았다. 사람이 갑자기 변하면 죽는다는 옛말이 자꾸 머리에 맴돌았던 때이다.

언니는 딸에 대한, 인연에 대한 애착을 놓고 싶어 했다. 언니는 자신보다 남을 먼저 생각하고 돌보아야 직성이 풀리는 사람이었다. 하지만 돌아오는 것은 원망과 오해가 더 많았고, 정작 고마워하는 사람은 별로 없었다고 했다. 그런 언니에게 여행은 큰 위안이 되어 주었다. 언니는 여행 중에 죽었으면 좋겠다는 말을 수시로 했다.

"네가 물었지? 여행을 왜 그렇게 하냐고? 생각해 보니 이제 말할 수 있을 것 같아. 여행은 이 넓은 세상 속에 나를 외롭게 만들어서 좋아. 나는 외로워지고 싶었어. 그것도 익숙한 곳에서가 아니라 아주 낯선 곳에서 철저히 버려지고 싶을 때가 있었어. 아마 우울증이지 않았을까 싶어. 울고 싶어질 때는 외로워서가 아니라. 인연이 잘 끊어지지 않아서 슬펐어. 끊어지려는 인연을 잡으려고 애쓰느라 진을 다 뺐고. 그게 자식 일이라 더 힘들었지. 내가 고통스러웠던 건 아마 나를 용서할 수 없어서였을 거야."

지금 생각해보면 언니는 굉장히 소심한 성격의 소유자였다. 대범한 척해도 실상은 혼자 괴로워하고 삭히는 사람이었다. 나는 그런 언니에게 잔소리를 해댔다. 아무 소용이 없는 잔소리였다.

그럴 필요 없다고, 편하게 살라고, 너무 애쓰고 살지 말라고, 자식에게 피해 좀 주고 살면 어떠냐고, 자식 사랑을 좀 구걸하고 살면 안 되냐고, 좀 나쁜 여자로 살아도 된다고 설득했지만 아무리 말을 해도 안 듣는 사람은, 아니 안 되는 사람은 절대로 바꿀 수 없었다. 그냥 그렇게 생겨 먹었으니 그렇게 살 수밖에 없었던 언니! 언니를 생각하면, "참! 대단해. 그래 이 세상에 나서 한 번뿐인 삶을 그렇게 살다 가는 것도 뭐 나쁘진 않아."라고 쉽게 말은 할 수 있지만, 나는 절대로 그렇게 살고 싶지는 않다.

언니의 3번째 롤러코스터는 필리핀으로 간 것이었다. 그리고 수산나를 만났으며 그녀가 언니의 넘치는 모성애를 받아줄 구원이었다. 운명은 때로 우리가 상상도 못 하는 곳으로 이끌어가기도 한다. 아니면 언니가 수산나를 만날 수밖에 없는 상황과 마음 상태가 맞아떨어진 것이다.

언니가 수산나를 처음 만났을 때가 약 10년 전 이었다. 수산나는 형부와 필리핀 작은 섬으로 여행 갔을 때 길거리에서 동냥하던 아이였다. 척추장애인이었다. 키가 1m도 안 되는 아이가 언니를 졸졸 따라다니며 웃어주는데 무엇이라도 주고 싶을 만큼 사랑스러워 보였다고 했다. 특히 얼굴은 때가 꼬질꼬질한데 헤실거리며 웃는 모습에 고개를 돌릴 수 없었다. 대체 어떤 부모가 몸도 성하지 않은 아이를 길거리로 내몰았는지 궁금해서 먹을 것을 사 들고 그 아이를 따라갔다. 그 아이 엄마도 척추장애인에다가 아빠는 가족을 버리고 집을 나가고 없었다. 형편이 어려워 학교도 못 가고 거리에서 구걸하고 있었다. 언니는 해마다 그곳으로 여행 가기 시작했다. 수산나에게 옷이며 생필품 이것저것 가져다주기도 했다. 그렇게 5년을 민간 차원의 국제원조를 한 아이를 위해 하고 있었다. 그리고 마침내 형부와 언니는 그곳으로 이민 갈 결심을 하게 되었다. 처음 만났을 때가 10살, 언니가 이민 갔을 때는 15살, 함께 살아온 햇수가 5년이니까 지금은 20살이다. 수산나는 작년에 결혼까지 했다. 필리핀에 주둔하고 있는 미해군 서전이다. 언니가 처음 수산나를 만났을 때 같이 찍은 사진과 최근 5년 동안 보아온 수산나는 달라도 너무 다르게 자라고 있었다. 척추장애인이라고 말해야 알지 전면 사진으로 보는 수산나는 너무나 지적이고 매력적인 아가씨가 되었다. 척추장애인에 대한 편견을 완전히 뒤집어 버렸다. 언니의 정성으로 빚어낸 인간

승리의 아이가 수산나라는 생각이 든다. 수산나의 변화는 언니에게 눈에 보이는 승리의 면류관이었다.

언니에게 가려면 다시 3시간 차를 타고 가야 했다. 게리가 3시간 동안 운전하고 와서 나를 데리고 다시 그 시간을 운전해서 가야하는 곳에 언니는 살고 있었다. 게리의 부대는 수산나가 사는 곳에서 1시간 정도 들어가야 하는 바닷가 근처에 주둔하고 있었다. 언니에게 가는 내내 비가 왔다. 그래도 바닷가를 끼고 가는 길은 비가 와도 환상적이었다. 아직 개발되지 않은 곳이라 밀림을 지나갈 때도 있고, 차가 별로 지나다니지도 않았다. 한적하니 졸거나 사색하기 딱 좋은 거리였다. 게리와 수산나는 계속 대화를 나누고 있었으며 나는 과거로과거로 자꾸 들어가고 있었다. 언니가 갑자기 나를 부른 것이 마음에 걸려 나쁜 생각을 하지 않으려고 과거 언니의 행적을 뒤적거리고 있었다.

사실 언니를 생각하면 우울해지기보다는 자꾸 웃음이 난다. 우리를 웃기고 정작 본인은 웃지 않고 시치미 뚝 떼고 있는 모습이 눈에 선하다. 우리 세 자매는 얼굴이 제각각으로 생겼다. 우리가 세 자매라고 하면 사람들이 왜 안 닮았냐고 의심스러운 눈으로 보는 경우가 간혹 있었다. 눈치 빠른 언니는 이때다 하고 장난기가 발동 걸렸다.

"우리는 아버지 엄마가 다 달라요. 나와 둘째는 아버지가 같고요, 엄마는 달라요. 막내는…… 야! 막내야 너랑 나랑 아버지가 같니? 엄마가 같니?"

그러면 동생은 금방 눈치채고 언니 말에 한술 더 떴다.
"한 엄마잖아. 아버지는 다른가?"

사람들은 그때부터 머리를 굴려 가족관계를 그려 보려 하지만 쉽지 않았다. 결국 같은 아버지 엄마라는 걸 사람들은 인지하지 못했다. 우리 세 자매는 만나면 오줌을 지릴 정도로 웃고 떠들었다.

언니, 나이는 나보다 네 살 위지만 한 참 나이 많은 집안의 어른 같은 사람이었다. 그렇다고 얼굴이 나보다 훨씬 늙어 보인다는 의미는 아니다. 결혼한 후 처음 세 자매가 함께 대만으로 여행을 갔었다. 대형 버스에 20명가량의 사람과 다녔는데 함께 탔던 사람들이 모두 내가 제일 언니냐고 물었다. 그래서 여행하는 내내 언니는 나를 "언니야"라고 부르며 다녔다. 언니는 얼굴이 작고, 발도 작고, 눈코 입이 오밀조밀 모여 있어서 나보다 어리게 보였다. 심지어 내가 엄마냐는 소리까지 들은 적도 있었다. 그도 그럴 것이 언니는 옷도 어려 보이게 입었다. 내가 보기에 좀 과하다 싶어서 나잇값 좀 하라고 핀잔주기도 했었다. 나이 50이 넘어 겨울에 가죽 반바지에 부츠라니!

나는 패션센스가 좀 없었다. 무엇을 입어도 촌스러워 보였다. 얼굴이 너무 고전적으로 생겨서 그렇다고 애써 변명했지만, 시골 아낙으로 사는 티를 벗을 수는 없었다. 그래서 나이가 더 들어 보이는 것 같았다. 언니는 그런 나에게 옷값 제대로 못 한다고 놀려대곤 했다.

"너는 백화점 옷도 시장에서 만 원 주고 산 옷태가 난다. 니 동생 좀 봐라. 시장 만 원짜리 옷도 백화점 옷 같아 보이잖니?"

언니는 농담하는 것을 좋아했다. 가족이 모두 모이면 우리 모두를 웃게 만드는 재주가 있었다. 고등학생 시절에 시청각 부장을 하면서 학교에서 언니를 모르는 사람이 없을 정도로 인기가 많았다. 언니와 대화하려면 정신 줄 잡고 있어야지 그렇지 않으면 바보 되기 십상이었다. 언니가 말할 때는 정말 진지하고 진짜처럼 말을 해서 속아 넘어가기 쉬웠다. 언니의 이야기는 맞는 말이긴 한데 어딘지 좀 이상한 경우가 많았다. 그래도 마치 다 이해하는 듯 고개를 끄덕이면 아기처럼 순진한 웃음을 터뜨리며 허를 찌르는 말로 사람을 황당하게 했다.

예를 들면, 어느 날 언니는 복권 당첨되는 방법을 알고 있다고 했다. 다만 노력이 뒤따라야 하는 데 그 노력은 매일 1시간씩 한 문장만 읊으라는 것이다. 하루도 빼 먹지 말고 21일을 하면 우주의 기운이 복권 당첨 되게 해 준다는 것이다. 정말 그렇게 해 보고 싶었다. 내가 진지하게 무슨 문장이냐고 물었을 때 언니는 내가 멍청한 바보라고 놀렸다. 사실 잘 속아 넘어가는 사람은 나뿐이었다.

"너는 바보냐? 그런 게 어디 있어? 뻥이지."

언니가 사는 곳에 도착했을 때는 이미 한밤중 같았다. 비가 와서 그런지 어둠이 일찍 내려앉아 있었다. 언니는 거실에 앉아 있었다. 몇 달 사이에 얼굴이 아주 수척해 졌다. 갑자기 울컥했다. 언니에게 달려가서 안았다. 작은 몸집이 더 작아진 것 같았다. 내 가슴에 한 움큼으로 쏙 들어왔다.

"언니! 괜찮은 거야?"

언니는 내 얼굴을 만지작거렸다. 얼굴에 흘러내린 눈물을 닦아주며 빙그레 웃었다.

"바보 동생아! 제일 많이 배운 것이 제일 띨띨한 내 동생! 왜 울어?"
"언니가 안 좋아 보이니까 그러지. 속상하게."

수산나와 게리는 도착하자마자 부엌으로 가서 저녁 식사 준비를 했다. 언니는 죽을 먹고 있었다. 나는 언니의 상태를 살피느라 언니 얼굴과 몸을 훑어보고 있었다.

"그만 봐라. 나 괜찮으니까."
"참 세월 빠르다. 언니가 여기 이민 온 지도 벌써 4년이 훌쩍

넘었네. 어째 한국으로 한 번을 안 오냐?"

"너희들이 왔잖아. 그러면 됐지."

언니의 목소리가 쉬어 있었다. 마치 바람이 새고 있는 듯 목소리에서 쏴 하는 소리가 났다. 지척에 바다가 있어 파도 소리인지 언니 목소리 인지 구별할 수가 없었다. 우리는 거실에서 파도 소리와 빗소리를 듣고 있었다. 우리 두 자매는 밤이 새는 줄 모르고 묵은 이야기를 했다. 나는 피곤했지만, 언니 이야기를 내내 듣고 또 들어야 했다. 언니가 그렇게 말을 많이 하는 사람인지 몰랐다. 언니는 아직도 움켜쥐고 있었던 남은 감정의 찌꺼기를 모두 토해 내고 싶어 하는 것처럼 보였다. 누군가는 언니를 이해해 주었으면 하는 듯, 오늘이 지나면 더 이상 시간이 없는 듯 나를 붙잡고 있었다. 나는 허벅지를 꼬집어 가며 안 졸리는 척 앉아 있었다.

"언니가 한국을 떠날 때 생각난다. 참 대단한 사람이야."

"그랬지. 나도 나를 잘 모르는데, 너는 오죽했겠니? 그래도 잘했다, 못했다는 생각은 하지 않는다. 그때는 그 길이 내가 살 수 있는 길이라고 생각했으니까. 내가 좀 이기주의자지?"

"무슨 소리! 언니가 왜 이기주의자야?"

"너희들 무시하고 막무가내로 필리핀 왔으니까 그렇지."

언니는 생전 하지도 않았던 이야기를 풀어 놓았다. 그만하자고, 내일 이야기 하자고 말하고 싶었다. 아니 그럴 필요가 없었다. 얼마 되지 않아 언니가 졸고 있었다. 게리와 수산나를 불렀다. 게리가 언니를 안고 언니 방으로 가서 침대에 눕혔다. 여전히 언니 방은 약초 냄새로 가득 차 있었다. 언니는 다양한 약초를 말려서 걸어 두는 것을 좋아했다. 나에게는 익숙하지 않은 고약한 냄새도 언니에게는 향수처럼 느껴지는지 아무렇지도 않아 했었다. 언니의 약초 사랑에는 큰딸 영향이 컸다. 아이들과 함께 살 때 대학에서 약초연구를 한 큰딸 때문에 집에는 항상 약초가 여기저기 널려 있었다. 여기 와서도 약초를 끌어다 놓은 것은 필시 큰 딸에 대한 그리움의 표현일 것이다. 나는 그때야 방으로 돌아왔다. 짐을 풀고 대충 씻고 바로 곯아떨어졌다.

다음날 언니는 일찌감치 일어나서 아침 준비를 하고 있었다. 어제와는 다르게 활기가 넘쳐 보였다. 밖은 여전히 비가 내리고 있었다.

"어디 여행이라도 가고 싶은 곳 있니?"

"아니, 그냥 여기 언니랑 며칠 있다가 갈 거야? 나도 늙어 가니까 여기저기 관광여행은 별로야. 한 곳에 짱 박혀서 이렇게 쉬는 여행이 좋아."

"그래! 그러면 나와 바닷가 가까이 있는 방갈로로 가자."

언니와 나는 아침을 먹자마자 바닷가 방갈로로 향했다. 수산나가 따뜻한 커피를 보온병에 담아 주었다. 간식으로 과일과 쿠

키도 싸 주었다. 우리는 파도를 보며 방갈로에 앉았다. 빗소리와 파도 소리만 들으며 말없이 한동안 앉아 있었다. 언니가 말했다.

"여기 비 오는 분위기도 멋지지? 실컷 눈과 가슴에 담고 가. 내가 없으면 여기 다시 오게 되겠니?"

나는 언니를 흘겨보며 쏘아붙였다.

"뭐야? 할머니? 왜 그러시나."
"틀린 말 아닌데. 내가 언제까지나 여기 있을 수는 없잖니?"
"응? 한국 갈 거야?"
"아니."

나도 더 이상 말을 이어 갈 수 없었다. 언니의 말이 이해되었기 때문이었다. 사람은 누구나 영원히 한 곳에 머물 수는 없다. 누구나 떠날 것이고, 그곳은 다른 누군가로 채워질 것이다. 한국이든 필리핀이든 지구라는 덩어리 위에 한 뼘 자리도 영원히 차지할 수 있는 곳은 없다. 언니는 내 손을 잡아서 손등을 쓰다듬었다. 언니의 이상한 손이 눈에 들어왔다.

"언니 많이 말랐다. 여기 사는 5년 동안 재미있었어? 우리 버리고 오니 행복했어?"

언니는 내 손등을 꼬집으며 웃었다.

"너는 이해 못 할 거야. 당연하지. 나도 나를 잘 모르는데. 수산나를 만난건 행운이었어. 수산나는 나에게 부처고, 보살이고, 수호천사였어. 수산나와 지내면서 비로소 쥐고 있던 인연의 끈을 놓을 수 있었단다. 양손에 쥔 것을 내려놓으니까 다른 것이 손에 들어오더라. 내가 처한 상황에서 한 발짝 물러나서 보니 지금, 이 순간이 보였어. 과거는 돌이킬 수 없으니 더 이상 얽매일 필요가 없다는 생각이 들더라. 미래는 우리의 것이 아니고 순간의 선택 영역이라고 생각해. 나를 봐. 내가 필리핀에 와서 살 줄 꿈이나 꾸었겠니? 그제야 지금이 보이더라고. 지금 하고 싶은 것을 하자는 용기가 생기기 시작했단다. 지금, 이 순간만이 내게 중요하다고 생각하게 되었지. 미래도 생각 안 해. 미래를 생각하면 걱정이라는 게 생겨나니까. 큰일이다 싶은 것도 이제는 크게 보이지 않아. 마치 산에 오르기 전 산을 보면 너무 가파르고 오르기 힘들어 보이지만 지금 한 걸음 내 디디고 다음 발자국만 보고 가면 된단다. 다음 발자국을 천천히 가자 하니까 지금 내 곁에 있는 인연이 보였어. 지금, 네가 나를 보고 있어서 좋아. 네 손을 잡고 눈 맞추고 이런저런 이야기 나눌 수 있어서 너무 행복하다. 큰애와 작은 애는 이제 잘살고 있고, 엄마가 그리운 나이도 아니야. 나도 옛날의 감정 찌꺼기로 나를 더 이상 학대하지 않아. 아이들이 여전히 사랑스럽고 보고 싶지. 그래도 애달프고 그러진 않는 것 같아."

언니는 너무나 철학적인 이야기를 하고 있었는데 나에게는 왜 횡설수설하는 것처럼 들렸는지 모르겠다. 언니가 정말 횡설수설한건지 아니면 내가 언니의 생각을 이해 못했던 건지 둘 중에 하나 일 것이다. 아마도 후자일 테지만. 내가 살아온 평범하고 순탄한 인생에서는 깨달을 수 없는 수준이었던 것만은 틀림없었다.

"그래서 그렇게 모두를 섭섭하게 해 놓고 가 버린 거야?"

"그때까지만 해도 아이들을 덜 힘들게 하려면 아이들이 나를 보고 싶어 하지 않게 하고 싶었어. 내가 못 놓으면 아이들이 놓게 하려고 했지."

"무슨 소리 하는지 이해가 안 가지만, 아이들에게 잘 보이려 애쓰고 싶지 않았다는 이야기인 거지?"

"그런가? 그런 것 같기도 해."

"나랑 완전히 다르네. 나는 아이들에게 잘 보이려 노력하는데. 나 좀 봐 달라고, 나 여기 있다고 소리치고 있는데."

"그건 너의 상황이 그럴 만하니까. 나는 여기 와서 소리 없이 살다가 소리 없이 가고 싶었어. 잘 살았고, 후회도 없어. 어쩌면 실수투성이의 내 인생이 수산나와 함께 산 5년 때문에 구원받은 느낌이랄까."

언니는 삶에 대한 애착을 완전히 내려놓은 듯했다. 언니는 너무 이상적이었는지, 아니면 너무 현실적인지 판단하기 힘든 경계를 넘나들었다. 세월이 많이 흐르고 나면 언니를 온전히 이해하게 될는지 모르겠다. 아니 나도 언니처럼 여행을 많이 다니면 언니를 더 빨리 이해할 수 있지 않을까 싶기도 했다.

언니가 왜 나를 오라고 했을까 궁금했지만 물어보지 않았다. 굳이 물어볼 필요가 없다는 생각이 들었다. 언니는 그냥 내가 보고 싶었던 것이다. 나는 언니가 그토록 애착을 가지고 있었던 자식도 아니고 또 감정의 변화가 별로 없는 사람이라고 생각하고 있었다. 나는 언니가 상대하기 제일 만만한 상대가 되어 있었다. 엄마가 돌아 가신 후 언니가 무슨 말을 해도 언니의 말을 진심으로 경청하며 들어주는 사람이 나였으니까. 아마도 언니는 순간적인 판단으로 나를 불렀을 것이다. 언니에게 거리는 더 이상 의미가 없었다. 그냥 지금 외로웠고 나와 이야기 나누고 싶었던 것이다. 언니의 부름에 오고 오지 않고는 내 몫이었다. 언니와 나는 5일 동안 아무 생각 없이 웃고 산책하고 말하고 먹고 하염없이 파도를 보며 파도소리를 들으며 앉아서 졸면서 보낸게 다 였다. 하지만 지겹지 않았다. 사실 더 있고 싶었지만 나도 손녀의 방과후를 책임지는 사람이었다. 언니의 얼굴에 아쉬움이 가득했다. 어쩔 수 없이 언니를 두고 와야 했다.

그리고 몇 달 후에 언니의 부고가 날아왔다. 모두 마음의 준비는 하고 있었지만 준비는 준비일 뿐이었다. 슬픔은 준비한다고 차감되는 것은 아니었다. 언니가 떠난 날도 한국은 비가 많이 내렸다. 마치 한 나약한 인간이 불꽃처럼 살다가 사라진 것을 슬퍼하기라도 하듯 하늘이 울어 주었다. 비가 내려서 위안이 되었다.

우리 모두는 필리핀으로 가려고 했다. 하지만 성수기라 비행기 표 구하기가 힘들었다. 겨우 한 장 구할 수 있어서 작은 딸 지원 혼자 그날 오후에 필리핀으로 갔다. 우리는 이틀 뒤 마지막 비행기 표를 예약할 수 있었다. 지원이 필리핀에 도착한 그날 늦은 저녁에 지원이 남편한테서 전화가 왔다.

"이모님. 애 엄마가 오시지 말래요."
"아니 왜? 무슨 일이야?"
"내일 저녁에 유골함과 마지막 비행기 타고 온답니다. 수산나와 게리도 함께 온대요."
"그래? 알았다. 장례식장은?"

슬픔은 이미 현실적인 문제로 옅어지고 있었다.

"예약할거에요. 밤늦게 도착하면 바로 장례식장으로 갈 거예요."
"알았어. 우리는 바로 장례식장으로 갈게."

그리고 바로 동생에게 전화를 걸었다. 받지 않았다. 문자를 남겼다. 바로 전화가 왔다. "나쁜 기집애." 내 입에서 작은 신음소리가 났다.

언니가 혼자 필리핀으로 간 지 만 5년 만에 가루가 되어 돌아왔다. 언니가 필리핀으로 가겠다고 폭탄선언 했을 때가 생각난다. 우리는 기절할 뻔했다. 그것도 형부가 돌아가시고 두 달도 되지 않았을 때 이었으니까. 형부가 돌아가시기 전에 이미 이야기되었다고 막무가내로 가겠다고 우겼다. 언니의 두 딸 중 막내인 지원이 울고불고 말려도 소용없었다. 왜 그랬는지, 아니 왜 그래야 했는지 언니는 내게도 한마디 말이 없었다. 집을 팔고 필리핀으로 이민 갈 준비를 하면서 두 달은 언니에게 바쁜 나날이었다. 형부의 부재를 힘들어할 시간이 없었을 거라 여겨진다. 사실 우리만 걱정하고 있었다. 심한 우울증인가 걱정되어 지원과 나는 언니에게 매일 전화하고 찾아가려고 했지만, 번번이 바쁘다고 오지 말라고 했다. 형부 돌아가시고 두 달 동안 언니를 네, 다섯 번도 만나지 못한 것 같다. 49재만 지나가기를 기다린 사람처럼, 아니다. 49재를 기다린 것이 아니라 서류 때문에 기다린 것이라는 생각이 나중에 들었다. 49재를 지내지도 않았으니까. 언니는 불교와는 거리가 먼 사람이었다.

언니와 형부는 오래전부터 이민 갈 준비를 하고 있었다. 형부의 갑작스러운 죽음으로 더 빨라진 감이 없지 않았다. 형부가 케냐로 일 때문에 잠깐 다녀온다고 갔을 때 말라리아에 걸렸다. 단순 열병이겠거니 하고 하루 이틀 방치했고 한국 돌아왔을 때는 손쓸 시간이 부족했다. 그렇게 형부는 언니 곁을 떠났다. 형부 없이 필리핀으로 갈 준비를 하면서 언니는 철저히 혼자 있기로 했다. 슬픔을, 외로움을 누구와 나눈다는 것 자체가 슬픔을 더 키우고 남아 있고 싶을지도 모른다고 생각했을까?

그런데, 언니는 형부를 화장하고 상식적으로 이해하기 힘든 행보를 보였었다. 그때는 정말 이해가 가지 않았지만 지금 생각하면 참 좋은 선택을 했다는 생각이 든다. 나 역시 그렇게 만들어져 어딘가에 묻든지 어딘가에 던져 주었으면 좋겠다. 아들이 사는 미국으로 반을 가지고 가서 요세미티나 그랜드캐니언 계곡에 던지고, 반은 소양 댐이나 강릉 바다 어디 깊은 곳에 던졌으면 좋겠다는 생각을 해 본다.

언니는 형부의 유골 분으로 구슬을 만들었다. 색깔이 영롱한 비취색이었다. 사람마다 다른 색으로 나온다는 게 참 신기했다. 형부가 착한 사람 이어서일까? 궁금해진다. 한 무더기의 비취색 구슬은 마치 아이들 장난감 구슬 같았다. 그것을 필리핀으로 가져갔다. 한참을 집에 예쁜 항아리에 모셔 놓았다가 언니가 죽기 전에 게리와 수산나가 필리핀 바다에 넣었다. 그래서 언니도 그곳에 뿌려 달라고 했었다.


"이제 좀 정신을 차리겠다. 모든 수속 다 끝났고 사흘 후면 비행기 탈거야."


언니가 한국을 떠나기 며칠 전 지원과 나를 불렀다. 우리를 안심시키기 위한 나름의 배려였다.


"엄마! 좀 너무하는 거 아니야? 여기 남은 나는 뭐야? 우리 안보고 싶겠어?"

지원은 언니에게 애원하며 울었지만, 언니의 결심을 바꿀 수는 없었다.

"자주 오고 가면 되지. 살다가 아니다 싶으면 다시 올게. 걱정하지 마."

"그래도. 거기 연고도 없잖아! 뭘 믿고 가는 거야 도대체. 무식하면 용감하다고, 무슨 베짱이 그렇게 커? 무섭지도 않아? 며칠 전에 필리핀에서 현지에서 장사하는 한국 사람이 살해된 뉴스도 나왔는데?"

나도 당장이라도 언니가 비행기 표를 취소했으면 했다.

"어이구. 동생이라는 게 애 걱정하게 쓸데없는 소리 하고 있네."

언니는 내 걱정은 털끝만큼도 하지 않았다. 그저 딸 마음을 풀어 주고 싶어 했다.

"여기 사진 좀 봐봐. 수산나야. 상당히 예뻐졌지'? 수산나와 애 엄마랑 같이 살 거야. 전화도 매일하고 있어. 거기서도 나와 함께 살 준비 잘하고 있으니까 걱정하지 마."

그렇게 언니는 필리핀으로 떠났다. 그리고 해마다 필리핀으로 우리도 여행을 다녀왔다. 하지만 언니의 성화에 일주일을 머물 수가 없었다. 5년 동안 매년 언니가 변해 가는 모습이 보였다. 웃으며 찍은 사진은 행복해 보였다. 그 사진도 언니가 카톡으로 보내는 것이 아니라 수산나가 친절하게 매일 언니 몰래 사진을 찍어 지원에게 보냈고 지원이 내게 보내 주었다. 헤어질 때의 슬픔은 차츰 옅어졌다. 내 생활도 바쁘다 보니 언니가 보고 싶다고, 걱정된다고 몇 날 며칠을 우울하게 보낸 날들이 있긴 했는지 언제부턴가 웃으며 통화하고 있었다. 언니는 업그레이드인지 다운그레이드인지 모르지만 그렇게 세 번의 롤러코스터를 타는 삶을 살았다.

겉에서 보기에는 쉽게 결정한 듯 보이지만 과연 쉬웠을까 하는 의문이 생긴다. 지금 생각해 보면 언니는 참 용감했던 것 같다. 언니에게 닥친 모든 순간에, 결정하기 전이건 결정한 후건 그냥 최선을 다해서 살았을 것 같기도 하다. 후회 없이. 마치 오늘 하루를 열심히 사는 사람처럼. 그래도 언니는 이해하기 어려운 인생을 산 것은 확실하다.


지원과 언니의 유골이 새벽 2시에 장례식장에 도착했다. 소식을 전해들은 친척과 친한 친구들도 공항에서 유골이 도착하는 시간에 맞추어 장례식장에서 기다렸다. 세 사람이 장례식장에 도착했을 때 지원과 수산나는 손을 꼭 잡고 있었고 게리가 언니 유골함을 들고 있었다. 지원과 수산나는 얼마나 울었는지 두 사람 다 눈과 얼굴이 퉁퉁 부어 있었다. 아직 식지도 않았을 유골함이 장례식장 언니 영정사진 앞에 놓았다. 한 번도 보지 못한 장면이었다. 언니 영정사진을 볼 때마다 눈에 들어오는 유골함 때문에 더 눈물이 났다. 유골함을 만지며 오열하는 언니 친구도 있었다. 다음 날 미국 사는 딸 서원과 남편이 도착했다. 미국 사는 손녀 둘은 오지 못했다.

한국의 장례 문화를 잘 모르는 수산나와 게리도 서원과 지원이 하자는 대로 잘 따라 주었다. 3일 내내 함께 장례식장에서 지냈다. 그 누구도 따로 집에 가거나 호텔에 가지 않고 노숙자처럼 그렇게 지냈다. 장례식 3일 동안 언니의 두 딸과 필리핀 딸 수산나는 오래 같이 산 친자매처럼 서로를 보고 울고, 웃고 하루에도 수십 번 포용하고 서로를 토닥여 주었다. 사실 큰딸 서원과 작은딸 지원은 사이가 그렇게 좋은 편이 아니었다. 몇 년 동안 서로 안부도 묻지 않고 살고 있었다. 세 딸의 모습을 보고 있는 영정사진 속 언니가 좋아서 정말로 입을 실룩이는 것처럼 보였다.

장례식 첫날은 서로 우느라 정신이 없었다. 이틀째 슬픔이 조금 옅어졌는지 우는 횟수도 시간도 줄어들었고 서로 농담도 주고받고 있었다. 수산나가 일기장을 들고 모두를 불러 모은 것은 다음 날이었다. 모두 정신을 좀 차렸고 쉬는 시간이 생기자, 일기장을 들고 왔다.


"엄마 일기장이에요."


수산나는 두 권의 일기장을 모두에게 보여주었다. 한 권은 수산나에 관한 일기장이었다. 단문으로 몇 문장 되지도 않았다. 수산나가 처음 한글로 이름을 썼다, 수산나가 사랑한다고 말했다, 수산나가 고등학교를 졸업했다, 수산나가 카페에서 알바를 시작했다, 수산나가 남자를 데리고 왔다, 게리가 수산나와 결혼하고 싶다고 내게 허락받으러 왔다, 수산나와 게리의 결혼식에 한국에서 가져간 오래된 한복을 입었다, 수산나가 첫아기를 잃었다, 셋이 함께 손잡고 울었다. 이때는 아마도 수산나가 아이를 낳지 못한다는 이야기를 들었을 때일 것 같았다. 언니는 한 문장을 써 놓고 아마도 울었을 것이다. 그 문장 밑으로 작은 얼룩이 그것을 말해 주고 있었다.

두 번째 일기장은, 필리핀에서 5년 동안 썼다는 일기장이 A4 용지 크기의 공책에 10장도 채 되지 않았다. 그것도 한 줄씩 건너뛰어 썼다. 1장에 30줄 정도 되니까 다 합해도 100문장도 안 되는 일기였다. 미사여구는 없었다. 느낌도 없었다. 오직 한국에서 아이들과 친구들이 오고 간 날과 시간 그리고 날씨가 적혀 있었다. 왠지 날씨에서 언니의 마음을 읽는 듯해서 기분이 묘했다. 정말 성의 없이 쓴 일기장이었다. 겉으로 보기에는 그랬다. 오히려 수산나에 관한 일기장이 그런대로 내용이 있었다. 생전 일기라고는 초등학생 때 말고는 써 본 적 없다는 언니는 5년 동안 꽤 많은 기록을 남기긴 했다. 모든 문장은 후딱 읽어도 3, 4분이면 충분했다. 그런데 읽고, 읽고 또 읽고 나니 이상한 패턴이 보이기 시작했다. 갔다 와 왔다가 이상하게 기억에 또렷이 남았다. 보통 일기라면 '와서 좋았다. 슬펐다. 즐거웠다. 무엇을 사 왔다, 함께 파티 했다, 등 쓸 말이 얼마나 많은가. 나만 그런가 하고 서원에게 물어보았다. 처음에는 느끼지 못했다고 했다. 내가 보충 설명을 좀 했더니 정말 엄마 마음이 느껴진다고 말했다.

"이모, 자꾸 읽으니까 이 글을 쓸 때 엄마의 마음이 보이는 것 같아요."
"응. 처음은 그냥 그랬는데. 몇 번을 더 읽으니까 자꾸 울컥해지더라."

서원은 상주 노릇 하느라 바쁘게 왔다 갔다 하는 지원에게 일기 좀 더 읽어 보라고 성화를 부렸다. 사실 맏상제 노릇은 큰딸인 서원이 아니라 지원이 하고 있었다. 서원은 미국인과 결혼해서 미국 사람이 된 지 15년이 되어 가기 때문에 엄마의 지인들은 지원과 더 가까웠다.

"지원아. 이상해. 자꾸자꾸 한 10번만 읽어봐. 엄마가 많은 말을 하는 게 느껴진다."
"무슨!"
"아니야 정말이야. 일단 읽어 봐."

지원은 일기장을 들고 장례식장 옆에 있는 쪽 방으로 가고 서원이 손님을 맞이했다. 얼마 되지 않아 쪽방에서 지원의 울음소리가 문틈으로 새어 나왔다. 지원이 유난히 더 많이 울었다. 아마도 자기에 관한 이야기가 없어서 더 많이 울지 않았을까 하는 생각이 들었다. 지원은 유난히 엄마의 사랑을 목말라했다. 어린 시절 엄마가 언니인 서원을 조금 더 많이 칭찬하면 삐지고 말도 안 했던 아이였다. 엄마가 필리핀으로 간 후 1년 이상을 말도 안 하고 작은 시위를 벌이기도 했었다. 사실 언니는 지원을 가장 많이 아픈 손가락이라고 했었다. 지원이 중학생 때 언니가 이혼하고 마음의 상처를 받아서인지 방황을 많이 했었다. 가장 많이 부딪치고 가장 많이 싸우고 가장 오래 함께 한 자식도 지원이었다. 두 사람이 사이좋게 지내는 시간보다 싸운 시간이 더 많았었다. 두 사람은 애증의 관계라는 표현이 어울리는 사이였다. 지원의 그런 행동이 언니를 더 많이 차지하고 싶어 하는 애증 결핍에서 생기는 거라고 언니는 마음 아파했었다.

언니는 왜 이런 일기를 썼을까 생각해 보면 조금은 이해할 것도 같았다. 내 추리가 틀릴 수도 있겠지만 어쩌면 정말 허전하거나 외로웠을 때, 아이들이 보고 싶을 때, 그것도 아니면 정말 기뻐서 마음이 주체가 안 될 정도로 기뻤을 때 일기장을 꺼내지 않았을까 싶다. 가면 갔다 로, 오면 왔다 로 그냥 있는 사실을 단순하게 쓴 것일 수도 있는데, 왠지 그 짧은 문장이 더 많은 것을 우리에게 이야기하고 있었다. 가는 게 섭섭하면 갔다 로, 오는 게 너무 좋았으면 왔다 로. 언니 마음에 넘치는 그리움과 사랑이 갔다 와 왔다 로 내 마음에 수많은 발자국을 남기고 있었다.

3일 동안의 슬픈 장례식이 끝났다. 언니의 마지막 남은 육신의 가루는 형부가 있는 곳으로 바로 가지 못했다. 사실 언니는 수산나에게 유언했었다. 필리핀 바다에 뿌려 달라고. 하지만 수산나와 지원은 언니의 마지막 소원을 들어주지 않았다. 살아있는 사람은 나름대로 슬픔을 풀 시간과 대상이 필요한 것 같았다. 특히 지원이 반대를 많이 했다. 결국 납골당에 안치되었다. 언제라도 지원의 슬픔이 많이 흐려졌을 때 납골당에서 필리핀 형부 곁으로 보내게 될 것이다. 그게 언제라도 무슨 상관이겠나 싶다. 사실 살아있는 사람의 마음이 더 중요하니까.

# Perfect Time

새벽 5시쯤 전화벨이 요란하게 울렸다. 경찰차가 사이렌을 울릴 때 번쩍이는 불빛이 전화벨이 울릴 때마다 소리에 맞추어 춤을 추듯 번쩍거렸다. 귀가 잘 들리지 않는 아내를 위해 전화벨이 울릴 때 빛이 번쩍이도록 딸이 부착해 놓았다. 하지만 별 소용 없었다. 불이 번쩍일 때 전화를 받아 보아도 보청기를 하고 있지 않으면 무용지물이었다. 보청기를 한곳에 두는 것이 아니라 여기저기 아무 데나 두는 바람에 보청기 찾느라 전화벨은 맥없이 끝나기가 일쑤였다.

"이른 새벽부터 무슨 전화야! 여보세요?"

예의 없는 행동에 한바탕 퍼부을 생각을 하고 공격적으로 전화기에 응대했다

"강목아, 강수가 오늘 새벽에 갔어."

전화기를 든 손에 힘이 풀렸다. 전화기가 바닥에 퉁하고 떨어졌다. 아랫도리가 전기가 흐르듯 찌릿했다. 화장실에 가야 하지만 전화를 받아야 했다. 전화기 옆에 놓여 있는 강목의 상반신 동상 얼굴에 그림자가 어려 마치 그를 비꼬는 것처럼 보였다. 새

벽 5시 30분이면 정확하게 일어나는 아내가 전화기에서 나는 요란한 불빛에 조금 일찍 일어났는지 눈을 비비며 거실로 나왔다. 아내는 강목을 멀뚱히 쳐다보며 소리쳐 물었다.

"이 새벽에 누구 전화에요?"

아내는 잘 듣지도 못하면서 항상 큰 소리로 묻기는 잘한다. 강목은 또 큰 소리로 손짓, 발짓해 가며 설명해야 한다.

"강수가 죽었대."
"뭐라구요?"
"강. 수. 가 …"

친구의 죽음을 이렇게 큰 소리로 알려야 하나 어이가 없어 강목은 입을 다물었다. 아무 일도 아니라는 듯 손사래를 쳤다. 강목은 바닥에 떨어진 전화기를 집었다. 순간 느꼈다. 이미 오줌을 지렸다는 것을.

"야, 강목아. 나 전화 아직 안 끊었다."
"며칠 전까지 멀쩡했다며? 왜 갑자기."
"나도 몰라. 가보면 알게 되겠지. 지금 올 거냐?"

강목은 정신이 아득해지며 현기증이 났다. 소파에 앉으려다 벌떡 일어났다. 아랫도리가 젖은 것이 갑자기 생각났다.

"뭐? 뭐라고?
"지금 올 거냐고?"
"아니. 오전에 병원 예약이 있어. 오후에 갈게. 너는 계속 있을 거야?"

강목은 쉰 목소리로 의미 없는 질문을 주절거리고 있었다. 무슨 말을 했는지, 무슨 말을 해야 하는지 생각나지 않았다. 강수가 죽었다는 게 실감이 나지 않았다.

"너 올 때까지 있을게. 빨리 와."

강목은 안방에 있는 화장실로 천천히 어기적거리며 들어갔다. 아내는 다시 자신의 방으로 들어가고 거실에 없었다. 샤워를 하고, 벗은 바지를 세탁기에 넣고 멍하니 세탁기 안을 들여다보았다. 세탁기 작동시키는 방법을 모르니 아내가 알게 될 것이고 한바탕 잔소리를 듣게 될 것이 자명한지라 한숨이 절로 나왔다.

강수와 강목! 두 사람은 우정에서 애증으로 롤러코스터를 타는 세월을 겪으며 가장 친했지만 가장 원망하는 사이가 되었다. 강수는 최근에 담낭 암 판정을 받았다.

사촌 관계인 강수와 강화, 그리고 강목은 화수목 삼총사로 불리면서 중학생 때부터 어울려 다녔다. 서로 마음도 잘 맞았고, 평생 우정 변치 말자고 혈서로 맹세까지 했었다. 함께 교육자의 길을 걷자고 대학도 사범대학을 나왔다. 강수는 중학교, 강화는 고등학교 선생으로 교감까지 지내고 은퇴했다. 야망이 좀 컸던 강목은 중학교 선생을 하다가 그만두고 유학을 다녀와서 대학교 교수와 학장까지 지냈다. 모두 비슷한 시기에 은퇴했다. 하지만 은 은퇴 후의 삶은 서로 많이 달랐다. 대학생 때부터 달랐던 전공이라는 작은 틈과 조금씩 달랐던 야망의 크기가 세 사람의 은퇴 후 삶을 세 갈래 길로 크게 벌어지게 했다.

사실 죽은 강수와 강목은 강화보다 마음이 더 잘 맞았다. 강화는 강목과 성격이 좀 비슷했다. 서로 적당히 야망도 있었고, 지기 싫어했다. 경쟁하며 으르렁거리고 며칠씩 말도 하지 않고 지낸 적도 많았지만, 강수가 항상 중재했었다. 고민이 있으면 강화한테는 털어놓지 않아도 강수한테는 모두 털어놓을 정도로 각별했다. 강수의 성격이 온순해서 불같은 강목의 성격을 잘 참아 주었기 때문이었다. 하지만 약 5년 전부터 우정에 금이 가기 시작했다. 특별한 행사가 아니면 서로 연락하지도 않고 지냈다. 중간에 강화의 중재로 다시 만났지만 한바탕 다투고 사이가 더 나빠졌다. 중학생 때 혈서로 맹세했던 우정도 한 번 금이 가니 아물기 쉽지 않았다.

강수는 은퇴 후 조용히 살기를 원했다. 온순한 성격 때문에 시골로 들어가 살고 싶어 했다. 하지만 강수 아내는 성격이 활달했고 욕심이 많았다. 매달 나오는 강수의 연금으로는 성에 차지 않았다. 강수 아내는 사촌 동생의 소개로 다단계에 발을 들여놓았다. 강수는 아내의 사촌과 아내의 설득에 교육 받고 다단계 강사로 활동하기 시작했다. 강수는 사람들에게 신뢰감을 주기에 딱 좋은 배경과 성격과 후덕함을 지니고 있었다. 다단계 공부를 하고 강사로 있으면서 강수는 그 일에 빠져들기 시작했다. 평생을 학자로 살아온 강수는 비열한 약육강식의 사회를 잘 몰랐다. 대부분 학자는 귀가 여리다는 말이 있다. 쉽게 잘 넘어가 돈을 내주는 사람은 학자라는 말이 괜한 말은 아니었다. 강수도 귀가 여렸고 고지식하기까지 했다. 한 번 옳다고 생각한 일은 남들이 비난하고, 아니라고 충고해도 오히려 충고하는 사람이 무얼 모른다고 여겼다. 강수는 외골수 같은 면이 있었다.

강수는 다단계 시스템이 얼마나 사람들에게 유용한지 이 사람 저 사람에게 알리고 다녔다. 사람들이 다단계라고 해도 정작 본인은 다단계라고 생각하지 않았다. 함께 하면 얼마든지 멋진 네트워크를 형성해서 좋은 제품을 싸게 구입할 수 있다고 열변을 토했다. 수입까지 생기는데 왜 하지 않는지 모르겠다며 안타까워했다. 강수를 비방하는 사람이 많이 생겼지만 아랑곳하지 않았다. 다단계 강사를 시작한 지 3년 후 65세가 넘어 다단계 지역 총대리점을 시작하겠다고 나섰다. 가장 친했던 강목에게 투자하라고 끈질기게 설득했다. 강목은 마침내 5천만 원을 투자했다. 매스컴에서 다단계에 대해 부정적인 기사를 많이 보았지만 정직하게 사업하면 괜찮을 것 같았다. 정말 하는 일 별로 없이 돈만 투자하면 돈을 벌 수 있을 줄 알았다. 강목은 강수가 무슨 일을 해도 믿을 만큼 그의 성실성을 믿고 신뢰하고 있었다.

다단계 사업이란 게 뭐든 할 수 있다는 희망에 부풀게 했다가 아무것도 할 수 없는 불안의 나락으로 떨어뜨릴 수 있는 일인 것을 강수와 강목은 몰랐다. 사업 3년 만에 강수는 다단계 대리점을 접었고 사무실에는 기한이 지나서 폐기 처분도 하기 힘든 물건만 쌓여갔다. 강수 아내는 남편의 퇴직금을 일시불로 받아 날린 일로 죄책감에 시달렸다고 했다. 강수 아내는 난소암에 걸렸다. 5년 이상 암으로 고생하다 2년 전에 세상을 떴다.

투자금을 회수할 수 없게 된 강목은 강수에게 돈 달라는 말도 못 하고 속만 태우고 있었다. 강수는 강목에게 미안한 마음도 없는 듯 투자금에 대해 일절 말하지 않았다. 강목은 점점 강수가 괘씸하다는 생각이 들었다. 어느 날 강수에게 돈에 대해 말하자, 오히려 강목을 어이 없는 표정으로 쳐다보며 한마디 했다

"사업이 엉망이 되어 미안하긴 한데, 내가 너한테 돈을 빌린 게 아니라 네가 투자한 거야. 그런데 왜 내가 갚아야 하냐?"

사실 따지고 보면 강수 말이 틀린 말은 아니었다. 하지만 강수의 반응이 강목을 너무 화나게 했다. 돈을 못 갚을 지라도, 미안하다고 정말 미안하다고 했으면 쉽게 용서할 수도 있었을 것이다. 가장 친하다고 생각한 친구의 황당한 말에 강목은 큰 배신감을 느꼈다. 과거에 서로 돕고 함께 했던 일들이, 내것 네것 없이 지냈던 우정이라는 탑이 단 한 순간에 모래성 허물어지듯 허물어졌다. 어쨌든 그 일로 세 사람이 함께 만나는 일이 없어졌다. 강

목은 아내 모르게 투자한 금액을 메꾸기 위해 온갖 거짓말로 위기를 넘기다가 결국 들키고 말았다. 강목의 핸드폰 비밀번호를 알고 있는 아내가 친척 전화번호를 찾다가 우연히 강수와의 카톡 문자를 보게 되었다. 돈 문제로 두 사람이 주고받은 문자를 보고 아내는 불같이 화를 냈다.

"내 이럴 줄 알았어. 셋이 몰려다니면서 무슨 일 낼 줄 알았다니까."
"일부러 사기 친 것도 아니야. 잘해 보려고 했던 게…"
"그래서. 돈은 받았어요?"
"아니. 내가 투자 한 거야. 못 받아."

강목의 아내는 세 사람의 우정을 깎아내리는 말을 종종 하곤 했었다. 낚시, 골프, 등산, 해외 원정 골프와 해외여행도 가족보다 셋이서 더 자주 갔다. 아내는 거의 분노에 가까운 화를 냈다. 세 사람의 우정을 원 없이 깎아내리고 욕했다. 강목은 한 마디도 반박할 수 없었다.

강수가 한참 다 단계 강사를 하고 다닐 때 강목도 무엇인가 시작하고 싶었다. 너무 이른 나이에 일에서 물러난 것이 항상 불만이었다. 퇴직 후에도 강의를 몇 개 맡아서 하긴 했지만, 후배 교수들에게 미안해서 2년 후에 그 일도 그만두었다.

강목은 마음도 육신도 에너지가 넘치는 사람이었다. 자신의 커리어에 어울리는 일을 다시 찾으려 했지만, 마음에 드는 일이 없었다. 그래서 시골 한적한 곳에 세컨드하우스를 짓고 노년을 보내야겠다고 결심했다. 누가 보아도 부러워할 만한 멋진 집을, 사회에 공헌할 만한 집을 짓고자 했다. 아내와 딸의 반대가 만만치 않았다. 아내는 결사반대했다. 건물을 짓는 내내 매일 싸우다시피 했다.

"나이를 생각해 봐요? 몇 년을 더 일할 수 있을 것 같아요? 난 그곳에 이사 가지 않을 거니까 혼자 가시든지 마음대로 해요."

"내 나이가 어때서. 우리 세대는 100세까지라는데 앞으로 삼사십 년을 뭐 하고 살아?"

"나이만 먹나요? 늙잖아요. 아프면 어떡할 건데. 아파서 삼사십 년은 생각 안 해 봐요?"

"지금 건강해. 아픈 데도 없어. 그리고 즐겁게 일하면서 살면 건강하게 살 수 있어."

"그럼 차라리 조그만 집을 지어요. 무슨 큰 건물을 지으려고 해요?"

"내 지위가 있지. 어떻게 조그만 걸 지어? 작은 도서관을 만들 거야. 세미나실과 게스트 룸도 서너 개 만들고. 후배 교수나 학생들이 캠핑하면서 하루 이틀 세미나도 열 수 있도록 하려고 해."

강목은 상상만 해도 멋진 노년을 즐길 수 있을 것 같았다. 강수와 강화도 좋아했다. 함께 놀 아지트가 생겼다며 설레기까지 했었다. 세 사람이 의기 투입하자 아내가 반대하는 말이 귀에 들어오지 않았다. 결국 작은 집이 아닌 3층 건물이 지어졌다. 동네를 한층 고급스럽게 만들어서 지역신문에 실리기까지 했다.

강목은 의기양양했다. 교수 친구들과 제자들, 교회 사람들과 많은 지인에게 초대장을 돌리고 작은 파티도 열었다. 처음에는 사람들이 호기심에 많이 놀러 왔다. 계속 사람들이 정말로 많이 찾아올 줄 알았다. 1층 로비는 무인 카페로 만들어 놓았다. 필요한 사람이 있으면 예약만 하고 언제든지 무료로 이용하도록 했다. 지역 사람들을 위해서 그의 지갑을 열 준비까지 하고 있었다. 하지만 시내에서 30분 이상 걸리는 곳에 사람들이 찾아오기란 쉽지 않았다. 사람들의 방문이 줄어들었고 2년 후에는 삼총사만 남았다. 그래도 강수와 강화가 함께 해 주었다. 잔디도 깎고 풀도 뽑고 청소도 도와주었기 때문에 재미있었다. 강수가 다단계 세미나를 세컨드하우스에서 종종 열기도 했다. 농작물을 열심히 키워 아파트 이웃에 나누어 줄 때는 뿌듯하기까지 했다. 정원을 가꾸는 일은 손이 많이 갔다. 사람을 고용하기에는 일이 너무 없고 삼총사가 함께하니까 그럭저럭 꾸려 나갈 수는 있었다. 하지만 삼총사도 더 이상 함께 할 수 없게 되었다.

강수가 총대리점을 접고 서로 돈 문제로 몇 번 싸운 후 아예 강목을 피했다. 강화는 외국 사람과 결혼한 딸집에 쌍둥이 손자들을 돌봐주러 부인과 몇 달씩 있다가 오기도 했다. 강목 혼자서 큰 정원과 건물을 관리하기는 힘들었다. 힘들다 하며 조금씩 손을 놓기 시작하니 풀이란 놈은 그의 게으름을 비집고 들어와 제 집처럼 자리를 잡았다. 풀은 기세등등하게 세를 늘려가더니 주위를 모두 삼켜 버렸다. 건물 청소도 하지 않는 날이 늘어났다.

"아빠 이 집 팔면 안 돼요?"

세컨드하우스 지을 때부터 불만이었던 딸은 툭하면 한마디씩 던졌다. 딸은 아파트 옆 동으로 이사 와서 아내와 쌍으로 잔소리를 해댔다. 한 번은 그만하라고 소리 질렀다가 딸을 울렸다.

"내가 왜 이리 이사 왔는데요. 아빠 엄마 때문이잖아요. 제발 이제는 자식 말 좀 들어요. 아빠 고집대로 하지 마시구요."

말이 별로 없던 강목 딸은 나이가 들면서 말이 많아졌다. 강목은 자기 일은 알아서 잘하고 있다고 생각했지만, 딸은 딸이 시키는 대로 하지 않는다고, 강목이 고집이 세다고 말했다. 아내의 잔소리와 딸의 잔소리는 그의 자존감을 나락으로 떨어뜨렸다. 아내와 딸은 사사건건 강목이 하는 일에 태클을 걸었다.

"아직은 아니다. 좀 있어봐. 여기 뒤쪽으로 길이 나면 땅값 팍 오를 거다. 손해 보고 팔 수는 없어. 이거, 다 니꺼야. 죽으면 내가 싸 갈 것도 아니야."
"저는 아빠 재산 필요 없어요. 그냥 제발 팔아요. 임자가 나올지 모르겠지만."

세컨드하우스를 짓고 삼총사와 어울릴 때까지만 해도 강목은 자기가 늙었다고 생각하지 않았다. 뭐라도 할 수 있는 젊은 마음과 몸을 가졌다고 생각했었다. 몸이 점점 무거워지고 병원에 들락거리면서 어느 순간 모든 것을 놓고 싶어졌다.

5개월 전에 삼총사는 세컨드하우스에서 거의 반년 만에 함께 만났다. 강화가 네덜란드에서 돌아오고 강수도 제주도 사는 딸집에 있다가 춘천으로 돌아와 있었다. 강화의 중재로 셋은 강목의 세컨드하우스에서 오랜만에 재회했다. 강목의 강수에 대한 미운 감정이 옅어져 갔다. 그렇다고 예전처럼 농담을 주고받는 사이도 아니었다. 강목은 강수가 어떻게 지내는지 궁금했다.

"야~ 강목아, 이 좋은 건물이 이게 뭐냐? 여기 와서 살지 그래. 아직도 제수씨는 여기 살기 싫어해? 우리 마누라는 이런 집 있으면 좋아라 춤이라도 추겠구먼."

"시끄러! 불난 집에 부채질하냐?"

강화는 걱정인지 비꼬는 것인지 항상 속을 긁어대는 말을 잘 뱉었다.

"너는 신수가 훤해졌다. 네덜란드의 물이 좋은가? 얼굴이 허옇게 되었네. 제수씨도 건강하지?"

"네덜란드는 나물 천국이더라. 대한민국 나물은 명함도 못 내밀어. 그런데 거기 사람들은 나물을 먹을 줄을 몰라. 집사람과 맨날 나물 뜯어서 말리고 장아찌 만들고 나름 바빴지. 한인들에게 나눠 줬더니 너무 좋아해. 거기 살면서 나물 장사나 할까 봐."

"제일 속 편하게 사는 사람이네. 부럽다."

강목은 강화가 진심으로 부러웠다. 부부가 서로 사이도 좋고 함께 여행 다니는 모습이 보기 좋았다. 강수는 말없이 두 사람 대화에 웃기만 했다.

"그런데 강수야, 너는 얼굴이 왜 그러냐? 아직도 힘들어?"

많이 추레해진 모습으로 나타난 강수에게 강화가 물었다.

"아니. 괜찮아. 딸 집에 있는 게 불편해서 아주 올라오려고. 나한테 너무 잘하려고 애쓰는 모습도 미안하고."
"야야. 이럴 때 효도 받아. 미안해하지 말고. 그래도 네 딸이 착해서 그렇게라도 하는 거야."

강목이 강수에게 부러운 게 하나 있다면 자식들이 모두 착하고 아이들과 사이가 좋다는 점이다. 강수의 성격이 온순해서 아이들과 문제가 없었던 것 같았다. 강목은 살이 빠져 나이보다 늙어 보이는 강수가 안쓰러웠다.

"쌍둥이 손자는 잘 지내고? 사진 보니까 튼실하더구먼. 사위하고 말은 잘 통 하냐?"

"영어로 손짓. 발짓하는 거지 뭐. 대화할 거리도 별로 없어."

강목은 강화와 너스레를 떨면서도 강수를 자꾸 쳐다보았다. 몸이 많이 아파 보였다.

"그런데… 너, 머릿밑이 좀 많이 노랗다. 제주도 가서 귤 너무 많이 먹었냐?"

강화가 강수의 얼굴을 유심히 보며 걱정스러운 표정으로 물었다.

"아니 귤 별로 안 좋아해."

"손 이리 좀 줘봐. 손도 노랗네. 진짜 병원 가봐야 할 것 같은데."

강수는 그날 바로 병원에 입원했다. 그때부터 병원에 터를 잡고 월세가 아닌 비싼 일세를 병원에 내고 있었다. 강수가 병원에 한 달 이상 입원하고 있는 동안 강목도 자주 병문안 가지 못했다. 강목도 자기 몸이 편하지 않아 외출을 삼가고 있기도 했지만, 아내에게 거짓말 하면서까지 병문안 가고 싶지는 않았다. 사실 곧 퇴원할 거라 믿고 있었다. 일주일 전 강화와 병문안 갔을 때 강수는 모든 걸 내려놓은 사람처럼 말을 했었다.

"내 나이 벌써 70 중반을 넘었어. 인제 그만 가도 억울한 것 없어"

"무슨 소리야. 그런 약한 말 하지 마. 개똥밭에 굴러도 저승보다 이승이 더 좋다는 말 몰라? 요즘은 의술이 발달해서 100세까지 건강하게 살 수 있어."

강화는 강수가 건강해지고 싶은 의욕이 생기도록 열심히 격려했었다.

"아이들이 제주도에서 서울에서 교대로 왔다 갔다 하는 것도 부담스럽기만 해."

"그렇긴 하지. 그렇다고 오지 말라고 할 수도 없고. 부모 노릇도 제대로 하기는 힘들어."

강화는 강목과 강수를 번갈아 쳐다보며 강목이 이야기에 끼어들기를 바라는 눈치였다.

"힘들어. 사는 게 재미도 없고. 이 세상에 태어나서 무얼 하고 살았나 싶다. 가치 있다고 생각한 것들이 다 쓸데없는 짓거리였더라고. 특히 강목이 너한테 미안하다."

"왜 그래! 다 잊었어. 다른 사람은 몰라도 나는 알아. 열심히 살았잖아. 나야말로 후회스러운 점이 많아. 인생을 잘 못 살아온 것 같기도 하고."

"잘 못 살긴. 너야말로 자식 잘 키워서 외국도 보냈잖아. 대학 학장님까지 지낸 사람이 무슨 소리 하는 거야?"

강목은 자식 이야기에 한숨을 지었다. 누구나 말 못 할 사정 한 가지씩은 가지고 있는 법. 강수에게도 털어놓지 못한 아들과의 불화는 강목의 자존심에 큰 상처로 남아있었다. 자기 행동을 나중에 후회한들 소용없는 일이었다. 그렇다고 이제 와서 아비가 잘못했다고 말하기는 더 어려웠다. 상처도 오랜 시간이 지나면 굳은살이 생겨 상처 준 사람도 상처 받은 사람도 그런 감정이 흐릿해지기 마련이었다. 아들과 강목의 관계는 그렇게 세월 속에 무디어져 갔다. 하지만 부자지간의 관계는 회복되기 쉽지 않았다.

강목은 아들과 딸과의 추억이 별로 없다. 일 때문에 바빴고, 야망 지향적 성격 때문에 자식을 따뜻하게 보듬지 못했다. 강목은 나약한 학생이나 교수를 보면 괜히 짜증이 나고 왜 그런지 이해가 되지 않았다. 쉬는 것도 무엇인가를 열심히 해야 유익하게 쉬는 거라고 여겼다. 의미 없는 시간과 삶은 가치가 없다고 말하며 살아왔다. 그의 그런 성격이 아들딸을 그에게서 멀어지게 했다. 특히 아들은 말이 없고 의사 표현을 제대로 하지 못해서 야단을 많이 쳤다. 그 일로 아내와 많이 다투기도 했었다. 아들이 강목의 어린 시절과 많이 다른 모습에 불만이 많았다. 강목 자신의 성격에 문제가 있는 것이 아니라 아들에게 문제가 있다고 생각했다.

"애를 그렇게 두둔하니까 더 그러는 거잖아. 집에서 애들 교육을 어떻게 하는 거야? 애들이 야망이 없어. 도대체 무얼 해서 먹고살겠다는 거야."

아이들과 특히 아들과는 대화를 별로 한 기억이 없다. 아들이 강목과 부딪치는 순간을 피하고 다닌다는 것을 강목도 알고 있었다. 아들이 사춘기를 지나 이제 어른이 되었나 했을 때 이미 아들은 미국으로 가버리고 곁에 없었다. 아내는 강목의 아들을 아내의 언니가 사는 미국으로 유학을 보내버렸다. 나중에 아내가 강목에게 왜 아들을 미국으로 보냈는지 말했었다.

"당신 아들을 정신병자 만들 것 같아서 미국 보냈어요. 걔는 당신 발소리만 들어도 힘들어했어요. 당신은 당신만 잘 난 줄 알죠? 고집불통에 안하무인인 양반! 나니까 함께 사는 줄 아셔."

그때도 아들에 대해 미안한 마음보다는 똑똑지 못하고 강단도 없는 것에 더 많이 속상했었다. 강목 아들은 그렇게 고등학교를 졸업하자마자 미국으로 갔고, 30년이 흘렀다. 이제는 보고 싶은 마음도 옅어져 갔다. 아들이 미국 갔을 때는 얼마 동안 아주 허전했다. 있을 때는 느끼지 못한 허전함이 떠난 후에 밀려왔다. 아들이 결혼을 위해 한국에 왔을 때는 약간 사이가 돈독했던 기억은 있다. 늦게 결혼한 아들은 16살 정도 되는 손자를 데리고 한국에 왔었다. 아들과 손자가 서로 장난치며 웃고 이야기하는 모습을 강목은 넋을 잃고 바라보았다. 손자는 강목 아들과는 다르게 활달하고 에너지가 넘쳐 보였다. 강목 자신의 어린 시절을 보는 듯 해 마음이 흡족했다. 아들은 여전히 강목과 통화하는 게 쉽지 않은 듯 제 엄마와만 주로 통화했다. 아들 이야기만 나오면 마음 한구석이 아려왔다.

아직은 새벽. 강목은 텔레비전을 켜고 다시 거실 소파에 잠시 누웠다. 텔레비전 소리가 귀에 들어오지 않았다. 사실 오늘 검사가 걱정되어 어젯밤을 거의 꼬박 새웠었다. 인터넷으로 체크한 사전 조사에서 강목은 자신이 틀림없이 전립선암에 걸렸다고 확신했다. 잠깐 눈을 감았는데 잠이 들었다.

강목은 앞 동 14층으로 올라가고 있었다. 요즘은 불어난 몸 때문에 조금만 걸어도 숨이 차서 쉬어야 한다. 그런데 강목은 14층 옥상까지 숨도 헐떡이지 않고 단숨에 뛰어 올라갔다. 옥상 문이 활짝 열려 있었다. 음악 소리가 들렸다. 옛날 삼총사가 학교 옥상에서 카세트를 틀어 놓고 춤을 추고 놀았었다. 고등학생 교복을 입은 강수가 카세트를 틀어 놓고 춤을 추고 있었다. 강목은 강수가 춤추는 모습을 한 번도 본 적이 없었다. 함께 춤추고 놀 때도 강목과 강화만 춤을 추었다. 강수는 카세트 음악 담당이었다. 강수는 마치 상가 앞 거대한 풍선 허수아비가 바람에 미친 듯이 손을 흔들 듯 온몸을 흔들고 있었다. 강목은 강수의 행동이 어이가 없어 카세트 뺏었다. 강수가 화를 내며 따라왔다. 강목은 카세트를 뺏기지 않으려 몸을 돌렸다. 너무 큰 반동에 강목이 옥상에서 떨어졌다. 두렵지 않았다. 강수가 보였다. 옥상에서 빙긋이 웃고 있었다. 순간 컴퓨터 전원이 갑자기 꺼져버린 듯 눈앞에서 모든 것이 사라졌다. 세상에서 튕겨 나와 우주 어느 곳에 버려져 있었다. 빛 한 점 없는 철저한 어둠 속에 홀로 남겨져 있었다. 무서움이 몰려왔다.

갑자기 텔레비전 소리가 들렸다. 숨이 막혀왔다. 손을 들어 올리려 했지만 움직이지 않았다. 손가락 하나 까닥할 수 없었다. 그때 아내가 방문을 열고 나오는 기척이 들렸다. 아내는 소파에 누워 꼼짝도 하지 않는 그를 힐끗 쳐다보고 화장실로 가버렸다.

"으으으… 여보 나 좀 깨워줘."

소리 질렀다. 목소리가 나오지 않았다. 깨어나야 한다는 절박감에 온몸에 힘을 주고 발버둥 쳤다. 곧 아내가 화장실에서 나와 그를 흔들었다.

"왜 그래요? 왜 버둥대고 있어요? 가위눌렸나! 일어나요."

강목은 화들짝 놀라서 눈을 떴다.

아내가 고마웠다. 사람들은 나이가 들면 같은 방에서 자야 한다고 말하지만, 강목은 아내와 각방을 사용한 지 오래되었다. 서로가 좋아하는 텔레비전 프로도 다르고 아내가 워낙 소리를 키워서 함께 텔레비전을 시청할 수가 없었다. 또 강목은 몸집이 큰 편이라 침대에서 조금만 움직여도 삐거덕거리고 출렁거리는 바람에 아내가 잠을 잘 수가 없었다. 그렇게 각방을 사용하기 시작한 지 벌써 20년은 넘었을 것이다. 부부는 서로 살을 맞대고 살아야 한다고 한다. 그래야 서로 애틋한 마음이 생긴다는 것이다. 부부관계를 하지 않는다 하더라도 서로의 체온을 느끼는 것이, 서로를 가볍게라도 만져 주는 것이 노년을 행복하고 건강하게 사는 방법이라고 한다. 하지만 그는 그런 속설을 시도해 볼 수도 없었다.

아내는 그의 손길을 언제부터인가 거부했다. 남자에게 성욕은 70이 넘어도 여전하다는 것을 모른다. 젊은 시절에는 친구들 사이에서 서로의 성욕을 자랑삼아 떠벌리기도 했었다. 늙어가는 사람에게도 성욕은 아직 젊다는 것을 의미하기도 했다. 그에게는 꿈꿔 볼 수 없는 일이 되었지만. 그렇다고 바람을 피울 수는 없었다. 그는 명예를 무엇보다 중요하다고 생각하기 때문이다. 아내는 그에게 미안한 마음도 불쌍한 마음도 없는 듯했다. 늙으면 당연히 그래야 한다고 아내는 생각했다.

"나이를 거꾸로 먹나? 나이 들면서 너무 밝히는 거 아닌가요? 늙으면 그런 것 죽이는 약은 없나!"

입에 담기도 부끄러운 말로 사람 신경을 건드렸다. 부부관계 거부의 문제로 싸우다 결국 그가 졌다. 무슨 일이건, 싫어하는 사람을 무슨 수로 이기겠는가. 한 번은 새벽에 일어나 TV를 켰다. 새벽에 야동 수준의 영화를 쉽게 찾을 수 있었다. 그는 생각 없이 보기 시작한 야동이 재미있기도 하고 젊음을 상기시키기도 해서 보기 시작했다. 새벽을 기다렸다가 보는 날도 있었다. 그런데 어느 날, 새벽에 일어난 아내에게 들켰다. 아내가 나오면 얼른 TV 채널을 돌렸는데 그날은 잠이 들었었는지 아내가 깨울 때는 TV에서 신음 소리가 나고 있었다. 얼마나 비난을 들었는지 그런 비난은 더는 듣고 싶지 않았다.

9시 30분에 딸이 왔다. 혼자 가도 된다는데도 굳이 보호자 노릇 하겠다고 우겼다. 딸의 차를 타고 병원에 도착하니 10시 전이었다. 검사를 받느라 이리저리 끌려 다녔다. 멍하니 고개 숙이고 딸의 말에 고분고분한 강목을 보고 딸은 걱정스러운 얼굴로 물었다.

"아빠, 걱정되세요? 별것 아닐 거예요."

사실 병 자체가 무섭지는 않았다. 어떤 병에 걸려도 이상할 게 없는 나이다. 약의 수를 점점 늘려가는 것이 무서운 것도 아니었다. 다만 정신은 멀쩡한데 자기 몸을 남에게 의지하게 될까 봐 그것이 제일 큰 걱정이었다.

몇 가지 검사를 끝내고 집에 돌아오니 12시가 조금 넘었다. 딸은 아파트 입구에 그를 내려놓고 약속에 늦었다며 서둘러 떠났다. 배가 고팠다. 아내가 먹으라고 성화를 부릴 때는 한 끼 정도는 쉽게 걸렀는데 병원에서 검사한다고 먹지 말라고 하니 배가 빨리 고파왔다. 아내는 집에 없었다. 교회든, 마트든 어디엔가 있을 것이다. 아내는 혼자서도 잘 논다. 강목이 점점 혼자 집에 덩그러니 있는 시간이 많아졌다. 혼자 밥을 푸고 국을 데우고 김치만 꺼내서 국에 밥을 말았다. 한 숟가락 떠먹는데 눈물이 핑 돌았다. 강수가 생각났다. 다시 텔레비전을 틀고 소파에 맥없이 앉았다. 1시쯤 아내가 왔다.

"당신 바지에 오줌 쌌어? 좀 조심하지."

집에 들어오자마자 짜증난 목소리로 아내는 소리 질렀다. 검사 잘 받고 왔는지 어떤지, 힘들었는지 아닌지는 관심이 없는 말투였다. 아내가 화내는 것이 섭섭했다. 아내에게는 강목이 왜 바지에 오줌을 지렸는지는 중요하지 않았다. 아내는 어른이라면 하면 안 되는 일을 그가 저질렀다는 사실을 받아들이지 못할 뿐이었다. 아내는 귀만 안 들린다 뿐이지 건강했다. 나이 차이가 12살 나지만 각자의 수준으로 상대방을 생각하고 있었다. 아내는 강목이 자신과 같은 나이라고 생각했다. 아무 말 없이 앉아 있는 그를 아내는 힐끗 쳐다보며 미안한 얼굴로 그제야 물었다.

"왜? 걱정돼요? 희경이 전화했어요. 결과는 내일 나온다고 하던데. 너무 걱정하지 말아요. 오줌 좀 잘 안 나온다고 다 암은 아니니까."

햇살이 거실 깊숙이 들어오기 시작했다. 거실 한쪽에 놓여 있는 동상을 비추었다. 새벽에 창백한 모습으로 비꼬는 듯 그를 쏘아 보고 있어 순간 깨부수고 싶었던 동상이었다. 지금은 인자한 눈으로 그를 응시하고 있었다. 손가락으로 동상에 깊이 파인 이마 주름을 만져 보았다. 마치 그가 다리를 긁을 때 떨어지는 허연 비듬 같은 먼지가 풀풀 날렸다. 옆에 있는 물티슈를 집었다. 동상을 만들어 주는 제자가 있어 좋겠다며 부러워했던 강수가 생각났다. 눈이 시큼거렸다. 눈을 부릅뜨고 머리카락 사이사이 먼지를, 얼굴 주름 먼지를, 귀와 콧방울 옆 깊숙이 파진 곳까지 구석구석 정성스레 닦았다. 물티슈가 금세 먼지로 검게 변했다. 가볍게 시작한 먼지 닦기가 물티슈 한 통을 다 사용할 때까지 한참 동안 계속되었다. 강목은 늙은 피부에 낀 비듬을 긁어내듯 빡빡 닦아냈다. 사는 동안 그 자신도 미처 몰랐든 아니 알고도 행했든 지우고 싶은 행동을 닦아내듯 정성스럽게 닦았다. 동상의 이마가 번쩍거렸다. 햇살이 비친 동상의 눈동자는 지성을 담은 눈처럼 초롱초롱하게 빛났다. 그는 동상이 이제는 싫었다. 지금은 축 늘어진 볼 살과 물먹은 듯 부어오른 눈가는 동상의 날카로운 턱선과 달라도 너무 달랐고 초라했다.

처음에 그는 동상이 정말 좋았다. 굵게 그어진 이마의 주름은 교육자의 단호함을 보여 주었다. 두툼한 입술과 웃음을 띤 눈가의 주름은 인자해 보였다. 사람들이 집에 놀러 왔을 때 아내는 그 동상을 항상 자랑했었다.

"남편이 학장 되었을 때 남편 제자가 만들어 주었어요. 진짜 닮았죠? 제자의 조소가 서울에서 열 손가락 안에 드는 건물 앞에 설치되어 있다네요."

남편을 자랑한 것인지 제자를 자랑한 것인지는 조금 애매했지만 그래도 그는 자랑스럽게 웃었다. 잘나가는 제자의 스승이었다는 것이 뿌듯했다.

"아니 생전 닦지도 않던 동상을 왜 닦는 거예요? 물휴지 한 통을 다 썼네. 참 별일이네."
"여보, 이 동상 치우면 안 될까? 이제 보기 싫네."
"동상을 옮기자고요?"

보청기를 끼고 있어도 저음인 그의 목소리를 아내는 잘 못 듣는 편이었다. 그는 정 답답하면 종이에 글을 써서 보여 주곤 했다. 정성스레 동상을 닦고 있었으니 버리고 싶어 한다는 추측은 하지 않았을 것이다. 그는 머리를 흔들었다. 말이 길어지면 설명해야 하니 그의 가장 좋은 대처법은 고개를 흔들고 끄덕여서 이야기를 종결짓는 것이었다. 갑자기 강수의 죽음을 알려야겠다는 생각이 들었다.

"오늘 아침에 강수가 갔데."

"예? 강수 씨가 퇴원했다고요?"

그는 친구의 부고를 소리소리 지르며 알리고 싶지 않아 종이
에 썼다.

'강수가 오늘 새벽에 죽었어. 아침 전화가 그 전화야. 나 지금
장례식장 가야 해. 같이 갈 텐가?'

"아니, 혼자 다녀오세요."

아내는 별 표정이 없었다.

사실 아내는 강수를 별로 좋아하지 않았다. 젊은 시절부터 남
편의 술친구, 등산친구, 골프친구로 수도 없이 불러냈던 사람이
라 강수에 대해 아내는 항상 불만이었다. 그래도 주검 앞에서까
지 저리 쌀쌀맞은 부인을 어이없이 쳐다보았다.

"혼자 다녀 올게."

강목은 요즘 들어 입지도 않던 양복을 꺼내 입었다. 지팡이를
들고 현관문을 나섰다. 콜택시를 부를까 생각했지만, 집 주변을
한 바퀴 돌고 싶어졌다. 아침에 아파트를 몇 바퀴 도는 것이 하
루 일과 중 중요한 부분이었는데 오늘 아침은 돌지 못했다. 아파

트 뒤뜰에 나오니 나뭇잎이 단풍이 들어 햇살에 싱그럽게 빛나고 있었다. 여름, 뜨겁던 햇살은 무뎌지고 온화해졌다. 한여름 태양과 싸우던 푸른 잎들은 자연의 섭리를 따라 늙어가는 것이 아니라 익어간다는 말처럼 빨갛게 노랗게 익어가고 있었다. 이미 너무 익은 낙엽은 하나둘 떨어지기 시작했다. 단풍이 곱게 익은 잎이 바람에 떨어질 듯 말 듯 흔들리고 있었다. 바닥에 벌레를 먹었는지 병이 들었는지 꺼뭇꺼뭇한 상처가 있는 낙엽이 눈에 들어왔다. 마치 검버섯으로 얼룩진 그의 얼굴 같았다. 뜨거운 젊은 시절을 보내고 잘 익어가고 있다고 생각했는데 잘 익은 것이 아니라 어쩌면 이 낙엽처럼 여기저기 곪아서 해지고 구멍 난 인생을 산 것 같았다.

만약 강수와 돈 문제만 없었다면, 여전히 즐겁게 농담하며 살 수 있었을까? 강수에게 화를 냈던 일이 후회되었다. 그렇게 좋았던 우정을 돈 몇 푼에 무너뜨린 게 강목 자신의 책임인 듯 자책감이 밀려왔다. 아들과의 관계도 강목 자신이 좀 더 너그러웠다면 아들은 미국에 가지 않았을 것이다. 강화나 강수처럼 손자를 돌보며 아이들과 오순도순 즐겁게 살 수도 있지 않았을까 싶었다. 강목은 모든 것이 자기 잘못으로 이렇게 된 것 같아 수치스러워 몸이 떨렸다.

강수가 보고 싶었다. 넋두리할 친구가 그리웠다. 삼총사가 함께하지 못한 몇 년 동안 강목은 무언의 섬에 던져져 있었다. 방치되고 버려지고 아무도 찾지 않는 자신의 처지에 신세 한탄을 하고 싶어도 함께 해 줄 사람이 없었다.

강화는 친구 중에서 노년을 제일 행복하게 보내는 것처럼 보였다. 강화는 노인 복지관에 가서 노인들에게 바둑을 가르치고 게이트볼도 함께 치며 늘 바쁘게 살았다. 한국에 있는 손자 돌봐주랴, 네덜란드 사는 쌍둥이 돌봐주랴 바쁘게 살았다. 만나면 허리 아프다고 죽는소리해도 항상 행복해 보였다. 강화는 강목과 강수에게 스스로 할 일을 찾던가, 아니면 혼자 있는 연습, 외로워지는 연습이 필요하다고 늘 잔소리했다. 강목은 콧방귀도 뀌지 않았다. 더구나 노인정에 오라는 강화의 성화에 핀잔만 주었다.

"거기 늙은이들만 가는 데잖아. 나는 싫다."
"야야! 학장님! 너도 늙은이야. 어이가 없네. 참!"

강화가 부러웠지만 그곳에 가고 싶지는 않았다. 새로운 사람과 어울릴 자신이 없었다.

아내와 대화 없이 벙어리로 살 자신, 그냥 창밖만 바라보며 지낼 자신, 언제 웃었는지 기억도 나지 않는 무료한 하루하루를 견딜 자신이 점점 없어졌다. 강수가 부러웠다.

그는 이제 늙었다는 것을 실감하고 있었다. 다리에 있는 허연 버짐을 툴툴 털어내는 것이 부끄럽지도 않은 무신경한 늙은이가 되어가고 있다는 것을. 그런 느낌을 깨닫는 것은 서서히 오는 것이 아니라 어느 순간 갑자기 훅하고 들어왔다. 몸은 제 나이를 알아 달라고 계속 시그널을 보내고 있었지만, 마음은 아니라고 무시하고 살았다.

늙으면 몸이 불편해지는 것은 당연한 일인데 그는 쉽게 용납할
수 없었다. 특히 대.소변 문제는 인간의 가장 은밀한 치부를 드러
내는 일이었다. 인간으로서 지켜야 하는 그의 자존심이 바닥으로
떨어졌다. 몸이 불편한 것은 마치 아픈 손가락을 감싸 쥐고 다른
손가락으로 일상을 하는 것이라 뭐 그리 힘든 일도 아닐 텐데.
받아들이고 익숙해지면 살 만할 텐데 그에게는 쉽지 않았다. 항
상 대접받고 존경받는 것에 익숙하고 남의 눈을 의식하며 살아
온 강목에게 어른 기저귀를 차야 할지도 모르는 것은 죽도록 창
피한 일이었다.

　하늘을 보았다. 태양이 눈 부셨다. 잠깐 눈을 깜박했는데 주위
가 바뀌었다. 울긋불긋 화려하던 단풍이 온통 검게 보였다. 회색
안개가 그를 감싸고 있었다. 숨쉬기가 힘들었다. 발밑에 있던 구
멍 나고 찢긴 낙엽도 검은 먹물을 뒤집어쓴 듯 검게 변해있었다.
그 낙엽을 주웠다. 낙엽을 부서지지 않게 양복 손수건 꽂이에 훈
장처럼 꽂았다. 혹독한 여름을 견디고 장렬하게 전사한 낙엽에게
작은 위로라도 주고 싶었다. 마치 자신에게 주듯. 주위를 돌아보
았다. 여전히 모든 사물이 온통 흑백으로 보였다. 아이들의 웃음
소리에 고개를 들었다. 중학생처럼 보이는 한 무리의 아이들이
학교를 파하고 시끌벅적하게 떠들며 오고 있었다. 검은 안개가
걷혔다. 강목은 해야 할 일이 생각났다. 아파트 단지 입구를 향해
서둘러 발길을 옮기다 약간 경사진 곳에서 발목을 접 찔러 넘어
졌다. 혼자 일어나려 해도 무거운 몸을 얇은 지팡이 하나로 지탱

하기 힘들었다. 한 아이가 뛰어왔다.

"할아버지! 도와드릴까요? 제 손 잡으세요."

강목의 손자 나이 때의 그 아이를 보며 손자 생각에 와락 껴안고 싶었다.

"고맙구나. 몇 살이니?"
"16살이에요."
"그래! 할아버지 손자 나이와 같구나."

아이는 자신을 빤히 쳐다보는 할아버지의 눈에 눈물이 고이는 것을 보고 어색한 미소를 지었다.

"할아버지 조심하세요."

멀어지는 그 아이의 뒷모습을 보며 강목은 눈물을 닦았다. 발목이 조금 시큰거렸지만 참을 만했다. 택시를 타기 위해 아파트 입구로 막 돌아가려 할 때 뒤를 놀아보았다. 아이들이 아파트 건물로 들어가고 있었다. 새벽에 꾼 꿈이 생각났다. 강수 생각이 났다. 입구가 빛으로 가득 차 있었다. 교복 입은 강수가 아이들과 함께 그 빛으로 들어가고 있었다.

아벨의 문신

제주도 공항에 내렸을 때 비는 그쳤다. 이른 저녁 하늘은 해와 구름의 한바탕 싸움터 같았다. 마치 붉은 해가 구름 속에 화염병을 던져 놓은 듯 구름은 허둥대며 이리저리 형체를 잃어가고 있었다. 슬하는 왠지 모르게 벅찬 감정이 올라왔다.

슬하는 신혼여행을 제주도로 왔다 간 이후로 석 달 만에 다시 제주도 공항에 발을 디뎠다. 35년 동안 한 번도 오지 않았던 제주도에 한 해에 두 번이나 제주도행이라니, 슬하에게 삶은 아이러니였다. 3개월 동안 나쁜 일이 도미노처럼 연달아 일어났다. 하나의 도미노가 어긋나자, 슬하에게 주어진 잘 짜인 운명이 와르르 무너졌다. 아직도 어른이 덜되었다고 생각하는 슬하에게는 가혹한 시간이었다. 슬하는 앞으로 어떤 운명이 자신을 기다리고 있을지 이제는 두렵지도 않았다. 꿈도 꿔 보지 못한 일을 석 달 동안 겪고 보니 이보다 더 나쁜 일이 일어날까 싶었다.

3개월 만에 이혼! 아니 이혼은 아니었다. 혼인신고도 하지 않았으니, 서류상으로 슬하는 아직 미혼이었다. 3개월 동안 마음 고생한 것에 비하면 지금은 무거운 짐을 내려놓은 듯 오히려 홀가분했다. 아직은 뿌연 안개 속을 걷는 것 같지만 딱 한 발짝만 앞을 보고 가리라는 결심으로 공항에 내렸다. 옆에 있는 사람들이 자연이 하늘에 그려놓은 거대한 수채화를 보며 사진을 찍고 환호성을 질렀다. 슬하는 심호흡하고 걸음을 재촉했다. 어두워지기 전에 병원을 방문하고 나와야 해서 마음이 급했다.

우여곡절 끝에 슬하는 병수와 결혼식을 올렸다. 결혼식이 있는 날도 슬하는 즐겁지 않았다. 마음이 무거웠다. 파혼할 용기가 없었다. 주위의 따가운 눈총과 엄마의 한숨을 견디기 힘들 것 같았다. 참고 한번 살아보자고, 병수만 중심을 잡아 주면 잘 살 수 있을 거라고 너무 쉽게 생각했다. 시어머니의 따가운 시선 속에 무사히 결혼식을 마치고 공항에서 바로 호텔로 왔다. 슬하는 결혼식 내내 시어머니 눈치 살피느라 머리가 깨질 듯이 아팠다.

"이 호텔 지하에 괜찮은 클럽이 있다던데. 먼저 술 한 잔 하러 가자."

슬하는 하루 종일 우울했던 기분을 풀고 싶었다. 답답한 가슴이 술이라도 마셔야 풀릴 것 같았다.

"엄마한테 먼저 전화부터 하고 가자."

슬하는 그래도 신혼여행 첫날이고 병수와 둘이 있으니, 마음은 편했다. 지금의 좋은 기분을 망치고 싶지 않았다. 결혼 날 잡고 조금씩 시어머니의 말투가 바뀌고 있어서 전화하기가 부담스러웠다. 시어머니의 목소리를 들어야 한다는 것이 슬하의 가슴을 답답하게 옥죄어 왔다.

"나중에 해."

슬하는 일부러 문을 크게 닫고 나가버렸다. 병수가 금방 따라올 줄 알았다. 운명은 때때로 그렇게 살짝 틈이 생긴 감정과 행동 사이로 슬쩍 끼어들어 걷잡을 수 없는 지경까지 몰아가기도 한다. 클럽은 아직은 이른 시간이라 사람이 많지 않았다. 띄엄띄엄 앉은 신혼부부로 보이는 몇 쌍만이 신혼부티를 내고 있었다. 공공장소에서 키스하고 애무하는 행위가 여기에서는 마치 해변에서 수영복을 입는 것이 당연한 것처럼 당당했다. 슬하는 스탠드바에 혼자 앉았다. 몇몇 하이에나들이 다가왔다.

"술 한 잔 사드릴까요?"

슬하는 병수가 곧 따라 올 거로 생각했다. 그리고 아니라고 말하기 싫었다. 한 잔 정도야 다른 남자들과 마시는 것이 그리 나쁘지 않을 거라 여겼다. 슬하는 술에 관한 한 애주가였다. 종종 술집에 온 손님들과 합석하는 경우도 있었기 때문에 별로 신경쓰지 않았다.

"네, 사주세요."
"어떻게 혼자 오셨나요?"
"네. 그렇게 됐네요."

굳이 남편이 바로 올 거라고 말하지 않았다. 남편이 오면 합석해서 사 주면 될 일이었다. 슬하는 주는 술을 홀짝홀짝 두 잔이나 마셨다. 슬하가 석 잔째 술을 마시려 할 때 갑자기 한 웨이터가 끼어들었다. 그 웨이터는 술잔을 낚아채서 바텐더 쪽으로 던졌다. 바텐더는 바로 받아서 술을 버리고 컵을 씻었다.

"야! 이 새끼 너 뭐야?"

술을 권한 남자가 웨이터의 얼굴을 쳤다. 그가 넘어지면서 쇠로 된 의자에 머리를 부딪쳤는지 머리에 피를 흘리고 쓰러졌다. 순간 홀은 아수라장이 되었다. 슬하는 부랴부랴 홀을 빠져나왔다. 슬하가 호텔 방으로 돌아왔을 때 병수는 그때까지도 시어머니와 통화하고 있었다. 병수가 전화 수화기에 손을 대고 막으며 시어머니와 통화하라고 손짓했다. 슬하는 할 수 없이 전화기를 받았다.

"여보세요? 어머니."
"어디 갔었어? 왜 인제 받니?"
"아! 죄송해요. 병수 씨가 전화하는지 몰랐어요."
"그래. 재미나게 놀다 와. 병수 다시 바꿔봐라."

시어머니의 차가운 목소리에 슬하의 등에 찬바람이 한 줄기 지나갔다.

"엄마, 나 이제 끊을게. 밑에 술집이 있어서 한잔하러 가려고."

병수가 전화를 끊고 슬하에게 조금 미안했는지 애교 섞인 말로 물었다.

"왜 벌써 왔어? 나 곧 가려고 했는데."
"병수 씨는 참 생각이 없다. 혼자 그렇게 전화하면 내가 뭐가 되니? 나 미움받게 하고 싶어?"
"에이. 우리 엄마를 뭐로 보고. 그런 것 때문에 화낼 사람 아니거든요. 알잖아. 우리 엄마 여장부인 거."
'그래. 그런 줄 알았지. 내가 남일 때는.'
"지금 술 마시러 가자."
"싫어. 가기 싫어졌어. 호텔 서비스시켜 방에서 마시자."
"왜? 그만 기분 풀어. 호텔 앞 바닷가 산책이나 갈까?"
"그러던가."

슬하는 클럽에 다시 가고 싶지 않았다. 그 일이 자신 때문인지 아닌지 생각하기도 싫었다.

'저희끼리 싸움이 난 거야. 그런데 왜 그 웨이터는 내 술잔을 낚아챈 걸까? 그는 괜찮을까?'

슬하는 자기 일이 아니라고 머리를 흔들었다. 병수에게는 아무 말도 하지 않았다. 신혼여행 동안 잘 웃지도 않고 뭘 해도 재미 없어하는 슬하 때문에 병수는 결국 화를 냈다.

"자기 왜 그렇게 우울 무드야? 퇴직금 때문에? 좋게 생각해. 이자 줄게."

병수의 이런 단순함에 끌렸는지도 모른다. 그래서 병수를 자기 사람으로 만들 수 있을 줄 알았다. 병수만 잘 다독거리면 일이 이외로 잘 풀릴 수도 있지 않을까 잠깐 핑크빛 미래를 꿈꾸었다.

신혼여행에서 돌아온 후 피를 흘리며 쓰러진 웨이터 때문에 슬하는 마음이 내내 불편했다.

그 웨이터가 어떻게 되었는지 확인이라도 하고 싶어 클럽에 전화를 걸었다. 전화 연결이 되는 시간이 왜 그렇게 길고 떨리는지 휴대폰을 잡은 슬하의 손이 떨렸다.

"여보세요? X-호텔 클럽인가요?"
"네. 그렇습니다."
"저 혹시 일주일 전에 클럽에 싸움이 있었잖아요. 그때 웨이터 한 분이 다친 것 같은데. 괜찮은가요?"
"혹시. 그때 술잔을 빼앗긴 분 아니세요?"
"네?"
"사모님! 아벨이 사모님 구해준 거예요. 아! 아벨이 그 웨이터

닉네임입니다. 그때 그 깡패 새끼들이 사모님 술잔에 약을 넣는 것을 보고 아벨이 술잔을 뺏은 겁니다."

전화기를 든 슬하의 손이 더 세게 흔들렸다.

"지금 병원에 있어요. 뇌를 다쳤는데 정신은 돌아왔어요. 운동 신경을 다쳐서 아직 못 걸어요. 손도 못 쓰구요. 물론 사모님은 아무 잘못 없어요. 책임도 없고요. 물어보시니까 말씀드리는 겁니다."

슬하는 가슴에 돌덩이가 툭 떨어진 것처럼 답답해서 숨을 제대로 쉴 수가 없었다.

"여보세요. 여보세요. 사모님! 전화 끊은 건가!"
"아뇨. 전화 안 끊었어요. 무슨 병원인가요?"

슬하가 받아 적은 병원 이름과 그 웨이터의 이름이 마치 어린 아이가 겨우 써 놓은 글씨처럼 삐뚤빼뚤했다. 슬하는 쪽지를 구겨서 쓰레기통에 넣어 버렸다.

'내 잘못 아니야.'

슬하는 천 디자이너로 10년 이상을 동대문에 큰 매장을 가진 회사에서 일하고 있었다. 슬하 회사와 시어머니는 서로 사업상 아주 밀접한 관계에 있었다. 시어머니는 동대문 시장에 제법 큰 옷 매장을 3개나 가지고 있는 사업가였다. 시어머니 대신 아들인 병수가 천 문제로 미팅할 때 자주 들락거리면서 친해졌다. 슬하가 병수와 결혼하겠다는 결심을 한 것도 병수 어머니가 성격이 너무 좋아서였다. 슬하가 회사 사장에게 결혼 이야기했을 때, 사장은 진심으로 박수를 쳐 주었다.

"슬하는 이제 고생 끝이다. 병수 어머니는 절대 시집살이시키실 분이 아니야. 슬하는 복도 많지."

슬하도 그렇게 생각했다. 시어머니와는 말도 잘 통하고 엄마와 딸처럼 잘 지낼 줄 알았다. 성격 좋은 시어머니에다 자기 말을 잘 들어 주는 남편까지. 초년 운은 아버지가 일찍 돌아가시는 바람에 좋지 않았지만 결혼은 정말 잘하는 것 같았다. 하지만 연애할 때는 보이지 않는 것들이 결혼 준비를 하면서 하나둘 수면으로 올라오기 시작했다. 상견례를 했을 때 시어머니는 거침이 없었다. 시어머니는 원래 성격이 직진형이라 좋게 말하면 시원시원한 것이고 나쁘게 말하면 독불장군 같은 성격을 가지고 있었다. 사업상 함께 일할 때는 정말 멋진 여성 사업가였다. 여자로서 닮고 싶기도 했다. 하지만 결혼, 아니 아들에 관한 한 모든 것이 너무나 주관적이었다. 시어머님은 현시세로 10억이 넘는 아파트를 병수 이름으로 장만해 주었다. 10년 전에 5억 밑으로 사 놓은 아파트가 근처에 전철이 들어서면서 10억이 넘는 아파트가 되었다.

"사돈, 요즘은 결혼이 간소화되어서 함도 예단도 안 하고 폐백
도 안 한다고 하니 우리도 그럽시다."

시어머니의 호탕한 한마디에 슬하 엄마는 슬하가 시집은 정말
잘 가는구나 여겼다. 좋은 시어머니를 만나서 마음이 흐뭇했다.

"세 들어 사는 사람이 나가면 너희들 원하는 대로 리모델링은
해야 할 거야. 아파트가 좀 오래되기도 하고 세 든 사람이 험하
게 살았더라고. 그건 아무래도 슬하가 하는 게 맞겠지."

슬하는 당연하다고 생각했다. 집까지 마련해 주신 시어머님에
게 고마운 마음이 들어 잘 해야지라고 다짐했었다. 슬하는 수준
에 맞는 만큼 소박하게 꾸미고 살면서 조금씩 더 장만하자고 병
수와 합의까지 보았다. 하지만 실상은 아니었다. 시어머니는 인
테리어 할 때 수시로 들락거렸다. 이런저런 훈수를 두는 바람에
슬하는 숨이 막힐 지경이었다. 슬하 엄마도 심기가 불편해지기
시작했다. 딸 가진 죄인이라는 흔한 말이 자기 말이 될 줄은 생
각도 못 한 일이었다. 그래도 딸이 좋다면 사돈이 하자는 대로
따르기로 했다. 여자가 모두 준비해야 하는 예단과 폐백을 생략
하기로 했기 때문에 인테리어 비용이 예산보다 조금 초과해도 될
듯싶었다. 하지만 시어머니의 취향에 맞추다 보니 비용이 생각보

다 많이 초과했다. 결국 빚을 질 수밖에 없었다. 그래도 집 걱정
은 덜었으니 직장 다니면서 조금씩 갚아나가면 될 일이었다. 결혼
식을 한 달가량 앞두고 병수가 슬하에게 직장을 그만두라고 애
원하듯 부탁했다.

"뭐야? 나 직장 다녀야 한다고 말했잖아. 자기도 알잖아? 나
빚진 것."
"엄마가 완고해. 나이도 있으니까 빨리 애도 가져야 한다고."

처음부터 시어머님은 슬하에게 직장생활을 하지 말고 살림만
했으면 좋겠다는 의지를 강하게 보여 주었다. 슬하는 처음에 사
실 고마운 마음마저 들었다. 직장생활 하느라 슬하가 좋아하는
그림그리기와 사진 찍기를 못하고 있었는데 남편과 시어머니 덕
에 취미생활로 자신의 전공을 꽃피우고 싶어서 설레기도 했다.
하지만 결혼 비용에 너무 많은 돈이 들어 빚을 질 수밖에 없었는
데 그 빚은 온전히 슬하의 몫이기 때문에 직장을 다녀야 하는 상
황이었다.

"병수 씨, 어머니께 이야기 좀 잘 해봐. 아직 애도 없는데. 애
생기면 그만 둘게."
"몰라, 몰라. 엄마가 극구 반대하는데 내가 무슨 수로. 그리고
엄마 눈 밖에 나면 이 집도 뺏겨. 엄마 은근히 무서워."

이제 자신의 가정을 꾸리고, 독립해야 할 나이에 아직도 엄마 눈치를 보는 병수가 다른 사람 같았다. 연애할 때는 그런 것들이 보이지 않았다.

"어린애도 아닌데. 집 뺏길까 걱정하냐? 우리 둘이 소박하게 시작해도 돼."
"그게 얼마나 멀고 먼 길인지 몰라? 엄마 눈에 조금만 더 들게 노력하자. 응!"

슬하가 직장 문제로 시어머니께 사정해 보려고 전화해도 마치 시위하는 것처럼 슬하의 전화를 받지 않았다. 남편이 뭐라고 중간 역할을 했는지 시어머니는 불편한 심사를 직접적으로 드러냈다.

"그럼 나 생활비 얼마 줄 거야? 엄마 용돈도 드려야 해. 시어머니야 돈을 버시니까 괜찮지만, 우리 엄마는 아니야."
"나라에서 돈 나오잖아?"
"그것 가지고 되니?"
"알았어. 생활비 많이 줄게. 걱정하지 마."
"천천히 생각해 보자. 당장은 아닌 것 같아."

그렇게 슬하는 아무것도 해결된 것 없이 눈치만 보고 있었다. 결혼식 날짜는 다가왔지만, 시어머니의 마음은 풀릴 기미가 보이지 않았다. 마침내 슬하는 직장을 그만두겠다고 백기를 들었다.
시어머니의 며느리 사랑이 이렇게 화를 낼만큼 큰가 하고 조금
의심은 갔지만 평소 알고 지낸 시어머니의 성격상 믿을 수밖에
없었다. 그래도 목돈이 나오니 그 돈으로 결혼할 때 진 빚을 갚
으면 되는 것이다. 그리 나쁜 선택은 아니라고 생각했다. 슬하도
이제 좀 편하게 살 수 있겠다는 희망이 생겼다.

결혼식을 일주일 앞두고 슬하는 사표를 제출했다. 사표를 내
고 온 날 시어머니는 슬하를 불렀다. 퇴직금 이야기를 꺼냈다. 6
천만 원이 넘는 퇴직금을 빌려 달라고 했다. 전세 내보낼 때 은행
에서 담보 대출받은 것을 슬하의 퇴직금으로 몇 년 만 이용하자
고 말했다. 달라는 것도 아니고 빌리자는 이야기로 당연히 슬하
는 긍정의 답을 해야 한다는 말투였다. 슬하는 생각도 못 한 시
어머니의 요구에 어안이 벙벙했다. 슬하는 시어머니의 눈치를 보
며 아니 애원하는 눈빛으로 시어머니께 말을 했다.

"어머니, 그 돈은… 죄송합니다. 친정엄마 주기로 했어요. 인테
리어 할 때 빚진 것도 있어서요."
"몇 년만 쓰자는 거야. 은행 이자가 아까우니까."
"그래도 그건. 좀…"

순간 시어머니와 병수의 꼼수를 읽은 것 같았다. 퇴직의 조건
은 퇴직금 반납이었다. 슬하는 더 이상 아무 말도 할 수 없었다.
시어머니도 더 이상 말하지는 않았지만, 슬하가 당연히 자기 뜻

대로 할 것이라고 믿는 것 같았다. 그렇게 결혼식장까지 가게 된 것이다. 슬하는 시간을 두고 생각해 보고 싶었다. 어떻게 하는 것이 옳은 선택인지.

신혼여행을 다녀 온 후 병수와 거의 매일 싸우고 있었다. 몇 년 쌓아온 신뢰와 사랑이 모래성이 파도에 파 먹히듯 살금살금 무너지고 있었다. 신혼생활 한 달 동안 거의 일주일에 두 번은 시댁으로 불려 갔다. 시어머니 생신이라고, 시누이 생일이라고, 시부모님 결혼기념일이라고. 시어머님 생신은 결혼 후 처음 맞는 생신이라 남편과 시누이는 슬하가 직접 집에서 차려줘야 한다고 은근히 압박했다. 슬하가 병수에게 투정이라도 부리면 병수는 슬하의 편이 되어 주지 않았다. 무엇보다도 병수가 첫 달부터 생활비를 너무 조금 주었다.

"자기 봉급 나 다 줘. 내가 그걸로 생활할게."
"은행 이자 내고 줄 것도 별로 없어. 자기가 좀 갚아 주면 좋을 텐데."
"나 직장 다시 다닐게. 사장님이 언제든지 다시 나오래."
"그만해. 그 문제는 엄마랑 이야기해. 난 몰라. 빠질래."
"도대체 이자가 얼마나 나가는데? 나한테 다 털어놔 봐."

왜 결혼 전에 돈 문제에 대해 서로 의논하지 않았는지 슬하는 자신에게 화가 났다. 똑 부러지게 똑똑하다는 소리까지 들었는데, 무엇에 홀린 건지 재산 문제에 있어서 별생각이 없었다.

"이자로 한 달에 백만 원씩 나가. 엄마가 이야기 안 했어? 이
야기했다던데"

"무슨 소리야? 이자 이야기 안 했잖아. 이 집 빚내서 산 거야?"

"전세 사는 사람 나가고 우리가 들어 왔으니까 그 돈을 우리
가 갚아야지."

"엄마가 이 집 해 주셨다며?"

"전세 끼고 샀었어."

"그럼 우리 백만 원짜리 월세 살고 있는 거네."

"무슨 소리! 우리 집인데."

슬하는 어이가 없었다. 자세하게 재산 상태를 물어보지 않은
것은 슬하 잘못이기는 하지만 그렇다고 꼬치꼬치 물어볼 수도
없는 일이었다. 또 사실대로 말해 주었다고 해서 결혼을 못 하겠
다고 할 수도 없는 노릇이었다. 부자에게 시집가서 편하게 살 수
있겠다는 얕은꾀에 슬하 자신이 당한 꼴이 되었다는 생각을 떨
칠 수가 없었다. 그래도 이 모든 상황이 병수와의 사랑으로 쉽게
해결될 줄 알았다.

시어머니와 병수는 계속 슬하에게 퇴직금을 요구하며 압박하
고 있었다. 시어머니는 슬하의 퇴직금으로 아파트 대출을 갚으라
는 말을 이제는 아무 거리낌 없이 뱉어냈다. 슬하는 병수에게 어
머니께 이야기 좀 잘해 달라고 부탁했지만, 병수는 말 한마디 못

했다. 시어머니와 슬하는 서로 신경전을 벌이며 두 달이 흘렀다. 슬하는 병수와 담판을 지어야겠다고 결심했다. 사랑에 호소해 보기로 했다.

"병수 씨, 퇴직금 우리 엄마 줘야 해. 자기도 알다시피 소파, 침대, 인테리어 할 때 어머니 수준에 맞추느라고 돈을 좀 많이 썼어. 자기도 알면서 왜 그래? 중간 역할 좀 잘해 줘야지. 그리고 나 주말마다 어머님 집 못 가. 내가 무슨 파출부도 아니고. 어머니 집, 시누 집 밑반찬까지 해다 날라야 하니? 시댁 가면 하루 종일 나 혼자 일하잖아. 너무 힘들어. 그리고 자기 생활비 너무 박하게 주는 거 아니야?"

"야. 나 혼자 벌어서 은행이자 내고 생활비까지 나도 힘들어. 은행이자라도 안 내면 모를까."

슬하는 말문이 막혔다. 파출부 비용을 받아도 생활비와 이자는 나올 텐데, 시댁 식구와 병수의 이상한 계산법에 소름이 끼쳤다. 얼마 전 병수는 신발장을 열고 못 보던 신발을 발견하고 짜증 내며 한마디 했었다.

"신발 샀어? 무슨 돈으로?"

"뭐라고? 그게 무슨 소리야? 이 신발 친정에서 가져온 거거든. 그렇게 말하려면 나한테 파출부비용 줘. 시댁에, 시누이네 반찬까지, 직장 다닐 때 보다 더 바쁘고 힘들어. 자기 그렇게 하려면 나 직장 다시 다닐래."

"왜 또 그래? 정말 이혼하고 싶어서 그래?"

"이혼? 혼인신고도 안 했는데 무슨 이혼?"

"집안 살림하기 싫으면 집 나가. 이 집 내 집이니까!"

슬하는 요즘 병수의 태도와 말투가 실망스러웠다. 병수는 모든 안테나를 시어머니에게 향하고 시어머니의 심기를 건드리지 않으려 애쓰고 있었다. 시어머니는 실을 매단 인형을 가지고 놀듯 원하는 대로 병수를 춤추게 하고 있었다. "이 집 내 집이니까"라는 말을 심심찮게 뱉어내는 병수에게도 믿음이 사라졌다. 정말 사랑해서 한 결혼인지, 시부모님의 재산을 보고 한 결혼인지 슬하 자신도 혼란스러웠다.

슬하는 화가 나서 집을 뛰쳐나왔다. 집을 나와도 갈 곳이 없었다. 엄마에게 갈 수도 없고, 친구 집도 가기는 더 싫었다. 괜한 소문만 무성하게 날게 뻔하기 때문이었다. 하루 종일 도서관에 죽치고 있으면서 인간관계에 관한 책을 읽으며 마음을 진정시켰다. 그래도 사랑하는 사람이라 함께 말로 풀면 또 해결 방안이 나오겠지 생각했다. 병수가 좋아하는 아귀매운탕을 만들기 위해 시장에서 아귀를 사서 집으로 갔다. 애교가 부족하다는 말을 듣는 슬하는 이참에 남편한테 애교라도 부려봐야겠다고 마음을 다져먹었다.

제주도 병원에 있다는 그 웨이터 문제도 그렇고, 시도 때도 없이 오라 가라 하는 시어머니, 슬하의 편에 서 주지 않는 남편, 거기다 사사건건 시어머니의 대변 역할을 하는 시누이까지. 슬하의 머리는 터질 지경이어서 아주 예민했던 것도 사실이었다. 병수한 테 미안한 마음도 들었다.

슬하는 집 현관도어 비밀번호를 눌렀다. 비번이 먹히지 않았다. 몇 번을 시도하자 요란한 소리를 내며 슬하를 당황하게 했다. 앞집 아주머니가 놀라서 나왔다 .

"아니 새댁! 무슨 일이야 ?"
"저도 모르겠어요. 비번이 먹히지 않네요. 고장 났나 봐요."
"좀 전에 새댁 남편이 나가는 것 같던데."

슬하가 병수에게 전화를 걸자 앞집 아주머니는 집에 들어가지 않고 슬하를 물끄러미 쳐다보고 있었다. 슬하는 전화기를 들고 고개를 끄덕하며 인사하고 계단 밑으로 내려갔다. 몇 번 신호음이 울리는데 병수는 전화를 받지 않았다. 전화를 잘 받는 사람인데 무슨 일이 있는지 걱정되었다. 문자를 보냈다..

'병수 씨, 현관문이 안 열려. 좀 전에 나갔다며? 자기 가고 현관문이 고장 났나 봐.'
'비번 바꿨어. 지금 바쁘니까 5시에 갈게. 그때 이야기 다시 해.'

슬하의 손이 파르르 떨려왔다. 손에 들었던 아귀와 콩나물을 담은 비닐봉지가 바닥에 떨어졌다. 아귀 덩어리가 비닐봉지에서 굴러 나와 사방으로 흩어졌다. 손이 떨려 문자가 자꾸 헛나갔다. 눈물이 고여 문자판이 보이지 않았다. 겨우 한 글자를 보냈다 .

‘응’

슬하는 바닥에 떨어진 아귀 덩어리를 비닐봉지에 다시 집어 담고 아파트를 나와 봉지를 음식 쓰레기통에 넣었다. 눈물이 나오려 했다. 하늘을 쏘아보며 겨우 참고 차 안으로 달려갔다. 핸드폰을 다시 열었다. 자신이 보낸 ‘응’이라는 문자가 비웃기라도 하듯 낄낄대고 있었다. 무슨 생각으로 ‘응’이라는 한마디를 보냈는지 슬하 자신을 이해할 수가 없었다. 하지만 더 이상 다른 문자를 보내고 싶지 않았다. 갑자기 문자가 하나 왔다. 시어머니였다.

‘지금 집으로 와라.’

병수가 시어머니께 뭐라고 말했는지는 모르나 슬하의 의도와 뭔가 많이 어긋나고 있다는 생각을 떨칠 수가 없었다. 택시를 타고 시댁에 30분 만에 도착했다. 시어머니는 바쁜 시간인데도 일찌감치 집에 와 있었다. 문은 잠겨있지 않았다. 현관문을 열자, 찬 공기가 휑하니 슬하를 비켜 현관문으로 나갔다. 슬하가 미처 인사도 하기 전에 시어머니의 너무나 차분한 목소리가 먼저 슬하를 맞이했다.

"이 결혼이 그렇게 마음에 들지 않으면 그만둬도 된다. 내가 이래서 혼인 신고 하지 말라고 한 거다."

"어머니, 무슨 소리예요. 저 그럴 마음 없어요."

"결혼은 남녀와의 결합만을 의미하는 것은 아니다. 서로의 가족을 받아들이는 것이기도 하다. 홀어머니에게서 무얼 배웠겠니?"

시어머니는 이제 막말로 슬하를 꺾어 놓기로 작정한 듯 쏘아붙였다. 슬하는 숨이 막혔다. 슬하는 자신이 무얼 잘 못했는지 이해할 수 없었다.

"어머니, 제가 뭘 그렇게 잘 못 했나요? 솔직히 저 아주 힘들어요. 어머니 집과 시누이를 위해 일 주일 치 반찬까지 만들어 주고 있잖아요? 저는 하노라고 하는데요. 무엇이 어머니 마음에 들지 않아요?"

"직장 그만두었으니 할 일이 없잖니? 그까짓 반찬 좀 해 주는 게 뭐 큰일이라고."

"네? 어머니 진짜 너무 하시네요. 저요. 요즘 직장 다닐 때 보다 더 바빠요."

"너, 정말 대책이 안 쓰는 애로구나. 또박또박 말대꾸나 하고. 버르장머리 없이."

서로에게 기대했던 것이 완전히 어긋나 있었다. 사랑과 배려가 아닌 요구만 남아있었다. 운명의 장난에 슬하는 완패했다. 결국 슬하는 이혼, 아니 갈라서기로 했다. 시어머님과 병수는 집 인테리어 비용에 대해 한 푼도 줄 수 없다는 말을, 벽지를 뜯어가라, 페인트를 벗겨라는 말도 안 되는 말로 빈손으로 슬하를 내보낼 계획이었다. 슬하는 소송하겠다고 강하게 나갈 수밖에 없었다. 시어머니도 한풀 꺾였는지 인테리어 비용의 절반을 주겠다고 제시했다. 슬하는 그렇게라도 빨리 모든 일을 끝내고 싶었다. 하지만 슬하 엄마는 아니었다. 시장에 가서 한바탕 소동을 벌였다. 병수와 시어머니는 다시 3분의 2를 제시했다. 가전제품은 모두 가져오는 조건이었다. 가전제품은 엄마 집으로 옮겨 놓았다. 이 모든 일이 3개월 동안 일어났다. 헤어지기로 마음먹고 나니 오히려 시어머니와 병수의 부당한 처신이 눈에 보였다. 집 인테리어 비용에 든 8천만 원 넘는 돈 중에 삼분의 이 정도를 받아냈다. 참고 견디려고만 했을 때는 자신의 처지를 비관만 했을 뿐 어떻게 처신하고 처리해야 할지 생각조차 할 정신이 없었다. 하지만 마음에서 놓고 나니 방법이 보였다. 슬하는 자신한테 일어난 이런 흔하지 않은 일에 엎어져 신세 한탄만 할 수는 없었다. 오히려 머리가 맑아지고 사람들과의 관계가 눈에 보이기 시작했다. 슬하 엄마도 슬퍼하기보다는 분노를 삭이느라 오히려 더 힘들어했다.

"슬하야. 똥 밟은 셈 쳐라. 더 좋은 일이 있을지 아무도 몰라. 인생은 끝까지 살아봐야 안다. 돈 손해 본 것은 주식투자한 셈

치자. 너 이모는 주식투자해서 거의 1억은 잃었다더라."

엄마는 슬하에게 말도 안 되는 예를 들어가며 위로하려고 애
썼다. 그렇게 병수와 서로 좋지 않은 감정으로 헤어졌다. 인생이
란 정말 한 치 앞도 내다볼 수 없다는 것을 잊고 있었다. 고등학
교 1학년 때 아버지를 교통사고로 갑자기 잃었을 때도 이런 느낌
이었지 않았을까 새삼 떠 올려 보았다. 그 당시는 엄마가 슬픔에
서 빠르게 회복하는 바람에 두 사람은 극복할 수 있었다. 이제는
슬하가 아무 일 아니라고, 괜찮다고, 엄마에게 보여 줘야 할 때
였다. 아버지의 죽음과 이혼을 겪고 나니 사는 게 항상 핑크빛은
아니라는 것을 다시 한번 더 실감하게 되었다. 엄마와 그냥 열심
히 살면 되지 라는 가벼운 마음마저 들었다. 어차피 태어나서 살
아야 하는 인생, 포기하고 어깨를 늘어뜨리고 살 수는 없는 노릇
이었다.

일이 마무리되자마다 제일 먼저 아벨이라는 웨이터가 생각났
다. 인간적인 대응을 하지 못한 것이 마음에 빚으로 남아 있었다.
그의 상태가 궁금했다. 슬하는 그를 위해 무얼 딱히 해야 한다는
의무감은 없었다. 사람의 도리로 병문안 정도는 해야한다고 생
각했을 뿐이었다. 제주도 일은 새로운 시작을 위해 마침표를 찍
는 기분이었다.

슬하가 병실에 있는 그를 방문했을 때 그는 슬하를 알아보지
못했다.

"저기. 정말 고맙습니다. 그때 저를 구해주신 분이라고 들었어요."

그는 눈을 껌뻑이며 슬하를 쳐다보았다.

"침침대를 좀 올려 줘."

그는 옆에 가족인지 친구인지 함께 있는 남자에게 말했다. 두 사람 모두 목과 팔에 문신이 있었다. 아직은 앳된 얼굴의 청년들이었다. 그의 뇌 운동신경 일부에 피가 고여서 완전히 제거하기 힘들다고 했다. 그는 두 다리를 쉽게 움직일 수 없었다. 아직은 휠체어를 타고 다녀야만 했다. 두 손도 아직 완전히 회복되지 않았다. 다행히 기억은 완전히 돌아왔고 말은 조금 어눌했다. 말을 더듬거렸다. 말할 때 침이 입 옆으로 흘렀다.

"사사모님 채책임 없어요. 이건 제제 운명입니다. 가지고 오신 과일은 자잘 먹겠습니다. 도도도 돌아가세요. 사사모님은 운이 좋았던 거고, 저저저는 재수 옴 붙은 노놈이었죠. 저는 원원래 좀 재수가 더더더럽게 없는 놈입니다."

아벨의 입가로 침이 흘렀다. 함께 있던 친구가 휴지로 침을 닦아주었다. 슬하가 돈 봉투를 슬며시 침대 위에 올려놓았다.

"이이이이러지 마마마세요."

화가 났는지 더 말을 더듬으며 소리 질렀다.

"그냥 받아 주세요. 그래야 제 마음도 좀 편할 것 같아요. 미안합니다. 댁의 인생에 본의 아니게 걸림돌이 되어서요."

슬하는 옆에 있는 남자에게 과일칼을 달라고 했다. 그는 눈을 동그랗게 뜨며 아벨을 쳐다 보았다. 줘야 하나 말아야 하나 망설이며 아벨의 눈치를 보고 있었다. 아벨은 애써 친구의 눈을 피하고 가만히 있었다. 마치 과일 정도는 뭐 괜찮겠다라는 표정으로, 아니 그래도 잊지 않고 와 준 것에 고맙다고 말하듯 창밖만 응시하고 있었다.

"저기요. 저는 아벨의 친구 카인이라고 합니다. 통성명은 해야 할 것 같아서요."

슬하는 웃음을 터뜨렸다. 친구 카인이라니! 아벨과 카인이 친구라는 말이 정겹다는 생각이 들었다. 그때 카인의 전화기에 벨이 신경질적으로 울렸다. 카인은 바로 전화기를 들고 밖으로 나갔다가 금방 다시 돌아왔다. 얼굴이 사색이 되어 있었다.

"저, 저기요. 혹시 오늘 제주도 떠나실 건가요? 아니시면 딱 2

시간만 여기 있어 주시겠어요. 제가 급하게 나가봐야 하는데 이 자식 저녁 식사를 도와 줄 사람이 없어서요."

"야아아! 왜왜왜 그래? 아아아닙니다. 그냥 가가가세요."
"네? 그러세요. 사실 온 김에 여기저기 둘러보려고 했는데. 내일 저녁 비행기 예약했어요."

슬하는 순간 거짓말을 했다. 아니라고 가야 한다고 딱 잘라 말할 분위기가 아니었다. 아벨 친구 카인이 떠난 후 곧 저녁 식사가 나왔다. 손놀림이 어색한 아벨은 슬하가 숟가락에 밥과 반찬을 올려 입에 넣어 줄 때 어색해서 그런지 슬하와 눈도 마주치지 않았다. 밥을 받아먹는 내내 고개를 숙이고만 있었다. 슬하도 어색하기는 마찬가지였다. 병수와 장난으로 서로 눈감고 밥 먹여 주며 놀던 때가 떠올랐다. 슬하는 그 일이 불과 1년 전 일이 아닌 아득한 과거 일인 것 같았다. 슬하는 생각에 잠겨 손에 힘이 풀려 하마터면 숟가락을 떨어뜨릴 뻔했다. 미안한 마음에 아벨을 쳐다보았다. 아벨은 슬하의 행동에 관심이 없는 듯 하늘을 보고 있었다. 하늘은 더 붉게 물들고 있었다. 아벨의 목에 있는 장미 문신이 더 환하게 피고 있었다. 마치 아벨의 장미 문신 속으로 빛이 빨려 들어가고 있는 것 같았다. 아벨은 슬하의 시선을 느꼈는지 고개를 돌렸다. 장미 문신 줄기가 싹둑 잘렸다. 슬하는 순간 소리 질렀다.

"안 돼. 고개 돌리지 마요. 장미가 꺾어졌어요."

"네? 아! 이 장미 문신이요."

아벨은 아직 거동이 불편한 손으로 애써 목 문신을 가렸다. 아벨은 피부가 하얀 얼굴에 머리를 완전히 밀어 대머리인데도 얼굴이 워낙 작아서 고등학생처럼 보였다. 아벨은 슬하가 밥 먹여 주는 것이 어색했는지 그만 먹겠다고 단호하게 거절했다. 슬하도 더 이상 강요하지 않았다. 아벨의 친구 카인은 서너 시간이 지나도 오지 않았다. 슬하도 딱히 뭐 할 일이 없어서 병원에 그냥 있었다. 아벨은 슬하에게 가라고 성화를 부렸다.

"저 사실은요. 이혼했어요. 그날 이후로 저도 뭐 되는 일이 없었거든요. 아벨 씨!, 그렇게 불러도 될까요? 아벨 씨를 나 몰라라 외면해서 그랬나 봐요. 이렇게 하는 것도 제 마음 편하자고 하는 거예요. 너무 신경 쓰지 마세요."

아벨은 말없이 다시 창가로 고개를 돌렸다. 슬하는 아벨을 가까이서 좀 더 자세히 훑어보았다. 귀밑에서부터 환자 옷을 입은 목 안으로 문신이 있었다. 소매를 걷은 팔뚝에도 온통 문신이었다.

"언제 퇴원해요? 병원비는 어떻게 하고 있어요?"

"보보 보험 있어요. 크클럽에요."

"다행이네요. 정말."

아벨의 친구가 저녁 8시가 넘어서 왔다.

"야, 전화했는데 왜 안 받아!"
"그그랬어? 추충전하는거 깜박했어. 무무슨 일 있어?"
"엄마 병원에 다녀왔어. 응급실 갔다가 지금 집에다 모셔 놓고 오느라고 늦었어. 엄마는 괜찮아. 설사병이 심하게 났나 봐. 저어기 아줌마 정말 미안합니다."
"아니에요. 그럼 엄마 옆에 계셔야 되는 거 아닌가요?"
"네. 다시 가 봐야 해요."

아벨의 친구는 난감한 표정으로 문 앞에 엉거주춤 서 있었다.

"야! 아무래도 간병인 써야 겠다."

친구의 말에 아벨은 일단 슬하를 빨리 쫓아내고 싶은지 소리 질렀다.

"아줌마. 이이제 그그그만 가세요. 제발."
"저어기. 혹시 제가 간병인 해 드릴까요? 제가 백수에요. 며칠 은 할 수 있어요."

슬하는 생각지도 않은 말을 뱉어냈다. 화장실 혼자 갈 정도면 별로 할 일이 없을 것 같았다. 아벨과 친구가 놀라서 서로 쳐다보았다. 그제야 슬하도 괜한 말을 꺼냈다는 생각이 들었다. 슬하는 일단 이거다 싶으면 밀어붙이는데 주위 사람이 혀를 내 두를 정도로 적극적으로 되는 단점을 가지고 있다. 슬하는 석 달 동안 겪은 많은 일들에서 해방된 기분이었는지 무엇을 해도 이전보다 나을 것 같았다. 속상해서 매일 머리 싸매고 드러누워 있는 엄마와 한 집안에 있는 것도 힘들고 이웃사람들과 만나는 것도 싫었다. 슬하는 일 주일 정도 여기저기 여행이나 다녀온다고 집을 나왔다. 회사 복귀는 그 뒤에 결정해도 상관없었다. 회사 복귀가 아니라 회사를 옮길 생각이었다. 같은 건물에서 시어머니와 병수와 함께 근무할 수는 없었다.

"제제제발 이러지 마세요. 아 아 주줌마 탓 아아아니라잖아요."

아벨은 말이 제대로 나오지 않자, 머리를 세차기 흔들었다.

"이봐요. 아벨 씨. 나이를 보니까 내가 14살은 많은 누나에요. 하루만 누나 해 줄게요."
"서기 아주머니. 정말 미친 부탁인지는 아는데요. 내일 점심까지만 좀 봐 주세요. 혼자서 화장실 가는 것 조금 힘들겠지만 할 수는 있어요. 그런데 말을 좀 많이 시켜야 합니다. 그래야 말이 빨리 돌아온다고 합니다. 그리고 밥을..."

카인은 머리를 긁적이며 아벨의 눈치를 보았다.

"네. 밥만 먹여 주란 이야기죠? 그리고 말 시키는 건 자신 있으
니까 걱정하지 마세요."
"그런데… 오늘 밤은 어디서 주무세요?"
"그것도 걱정하지 마세요. 제가 알아서 하니까요. 카인 씨"

아벨의 친구가 가고 한동안 두 사람은 말없이 앉아 있었다. 아
벨은 슬하를 쳐다보지도 못하고 창밖만 응시하고 있었다. 슬하
도 마찬가지였지만 그렇다고 아무 말도 하지 않고 있을 수는 없
었다.

"아참. 말을 많이 시키라 그랬는데..."
"그그냥 가셔도 되됩니다."

아벨은 얼굴이 벌게지고 슬하를 쳐다보지도 못하고 고개만 숙
이고 있었다.

"아벨 씨, 저 쳐다보고 말해요. 어차피 있기로 했는데 그냥 마
음 편하게 있어요. 조금만 더 있다 갈게요. 내일 아침에 식사 시
간에 오면 되겠죠?"

아벨은 포기했는지 대꾸 없이 조용히 앉아 있었다.

"그럼, 어디 취조라는 것을 해 볼까요? 내가 궁금한 건 못 참는 성격이라 그러는데. 문신을 몸 전체에 했나 봐요. 문신 왜 했어요?"

"나나르르를 받받아준 형들이 모모두 문신했는데 가 강해 보 보이고 멋이 있었어요."
"문신할 때 몹씨 아플 것 같은데. 더구나 이런 문신 다 야매로 하는 거 아닌가?"
"아아프죠. 특히 여여기 목에 있는 자자장미문신은 히힘들었어요."

아벨이 힘들어 지칠 때까지 슬하는 계속 질문을 했고 아벨은 진심을 다해 말을 했다. 말하는 연습을 많이 해서 빨리 회복하려는 의지가 보였다. 슬하는 더듬거리며 말하는 아벨을 인내심을 가지고 들어주고 참아 주기만 하면 되는 거였다. 그런데 담담하게 말 연습하듯 열심히 말하는 아벨의 이야기에 슬하는 빠져들었다. 때로는 슬하의 손에든 과일칼이 부르르 떨렸다. 슬하는 애써 눈물을 참으려고 애꿎은 과일 껍질만 난도질하고 있었다. 옆에 술주정뱅이 아버지나 의붓아버지, 의붓형이 있으면 붙들고 두들겨 패고 싶은 마음이 들었다. 조용히 함께 듣고 있던 다른 환자들도 한마디씩 했다.

"저런 쳐 죽일 놈들."

"어이구 어린 나이에 참 애쓰고 살았네."

슬하는 자기 삶이 힘들고 꼬여있다고 생각했는데 아벨에 비하면 아무것도 아니었다. 오히려 이만한 삶이 고맙기까지 했다. 슬하는 이 아이의 인생을 송두리째 흔들어 놓은 일에 자신이 원인 제공자라고 생각하니 마음이 더 무거워졌다.

하늘은 또다시 구름으로 뒤덮였다. 종말에 지구가 불타면 이럴까 하는 생각이 들게 했던 하늘이 어둠에 조금씩 잠식되고 있었다. 제주도의 날씨는, 하늘은 정말 종잡을 수가 없이 변덕 서러웠다. 슬하는 저녁 식사가 끝나고도 한참을 아벨 곁에 있었다. 딱히 할 일도 갈 곳도 없는 슬하는 최대한 늦게까지 아벨의 이야기를 들으려고 작정하고 앉아 있었다. 아벨의 말을 3시간 이상을 열심히 들었다. 아벨이 힘들었는지 연신 하품을 해댔다.

"우리 커피 한잔 할까요? 밑에 카페 있던데. 커피 마시나요?"

"인제 그만 가세요. 다른 분들에게 미안해서요."

슬하는 그제야 주위를 돌아보았다.

"죄송합니다. 이 환자분은 말을 많이 해야 해서요. 너무 시끄러우셨다면 용서하세요."

슬하가 남자만 있는 병실에 있어 본 적도 없어서 사실 어색했다. 그래도 간병인들이 모두 여자라 그나마 덜 부끄럽긴 했다.

"아니에요. 그냥 계속해도 됩니다."

모두 웃으며 슬하를 스스럼없이 대해 주었다. 모두 아벨의 이야기에 귀를 기울이고 있었다. 온몸에 문신을 한 두 건장한 남자가 있는 6인실은 생각보다 화기애애했다. 간호사들도 웃으며 들어와서 아벨에게 친한 동생한테 말하듯 말했고 같은 병실의 환자들도 스스럼없는 사이 같았다. 옆 병실의 꼬마도 아벨을 보러 와서 이야기하는 동안 아벨의 문신을 쓰다듬었다. 팔꿈치를 들었다 놨다 하며 팔꿈치에 그려진 꽃가지를 꺾었다 붙였다 하며 재미있어했다. 중간에 아벨이 화장실 다녀왔고, 말할 때 힘이 들었는지 연신 물을 마셔댔다.

"다른 분들이 괜찮다고 하잖아요. 조금 더 있다 갈게요."
"아아니요. 그그만 가세요. 이제 자자고 싶어요."
"이제 7시밖에 안 됐는데. 벌써 자게요?"

사실 슬하도 졸렸다. 남의 말이 아무리 재미있어도 밤잠까지 설친 슬하에게도 무리였다. 더구나 아벨의 이야기는 참고 몇 시간 듣고 있기 쉽지는 않았다.

"그래도 지금은 커피 먼저."

슬하는 병원 1층으로 갔다. 슬하는 진한 아메리카노 아이스를 쓰리 샷으로 주문하고 아벨을 위해서 연한 원샷 아메리카노를 사 왔다. 슬하가 돌아왔을 때 아벨은 졸고 있었다. 아벨의 목에 있는 장미 문신도 졸고 있는 듯 고개 숙이고 있었다. 슬하는 아벨의 이야기를 들으며 자신에게 닥친 이 이상한 시간이 마치 엘리스의 이상한 나라에 들어온 것처럼 이상한 시간에 떨어진 것 같았다.

'나도 엘리스가 되어 보는 거지 뭐'

슬하는 마음속으로 다짐하며 졸고 있는 아벨을 한참 들여다보았다. 진한 커피가 청량음료처럼 뇌를 싸악 식히고 지나갔다.

아벨의 이야기를 정리를 해 보자면 이랬다. 그의 이름은 진성. 초등학교 1학년 때 엄마와 몰래 아버지 돈을 훔쳐서 야반도주했다. 아버지는 술을 많이 마셨고, 엄마를 무지막지하게 때렸다. 진성은 엄마가 그를 버리지 않고 데리고 나와 줘서 고마웠다.

"엄마가 고마웠어요. 안 그랬다면 아마 아버지한테 맞아 죽었을 거예요."

진성은 혹시나 엄마가 언제든지 자신을 버리고 갈지 모른다는 생각에 가능하면 엄마의 심기를 건드리지 않으려고 무척 노력하며 살았다. 진성 엄마는 진성이 초등학교 6학년 때 재혼했다. 진성 친아버지가 교통사고로 사망했다는 소식을 전에 살던 이웃 아줌마에게서 듣고 엄마는 깊은 한숨을 쉬며 미소를 지은 모습을 진성은 지금도 기억하고 있었다. 혹시나 아버지가 찾아올까 봐 엄마와 진성은 수시로 이사해야 했다는 것을 진성도 알고 있었다.

진성 엄마는 건설 현장을 따라다니며 식당에서 허드렛일 하며 살았다. 진성의 새아버지는 건설 현장의 십장이었다. 전국으로 돌아다니는 직업 때문에 전처소생의 아들을 돌보아 줄 사람이 필요했다. 건설 현장에서 진성 엄마를 만났고 재혼을 결심하게 되었다. 새아버지의 아들은 중학교3학년이었다. 새아버지도 술을 좋아했다. 다행이 새아버지는 진성 엄마에게 폭행을 가하지는 않았다. 진성에게도 별 관심을 보이지 않았다. 하지만 형을 종종 심하게 야단치고 때리는 것을 보았다. 언제 그 폭행이 엄마에게로 갈지 몰라서 진성은 항상 마음 졸이며 가능하면 그림자처럼 숨어 있으려고 노력했다. 자기 문제로 엄마를 곤경에 빠트리면 안된다라는 강박관념 속에 살아야했다. 새아버지의 아들인 의붓형과는 사이가 너무 나빴다. 아니 대화라는 것을 별로 한 적이 없었다. 형은 말없이 조용히 살고 있는 진성과는 달리 엄마의 돈도 훔치고 엄마에게 막말하기도 했다. 더구나 새아버지의 폭행이 있는 날은 진성도 형에게 맞는 날이 되었다. 의붓형의 폭행에 진성

의 몸이 성할 날이 없었다. 그래도 진성은 엄마에게 말 할 수 없
었다. 형의 만행은 점점 한계를 넘어가고 있었다. 진성은 새아버
지, 엄마 지갑을 훔쳐야 했고, 담배, 술심부름을 해야 했다.

한번은 모처럼 집에 온 아버지의 지갑에서 돈을 훔치라는 협박
에 돈을 훔치다 들켰다. 새아버지는 대노 하셨다. 진성은 처음으
로 새아버지에게서 몽둥이로 맞고 따귀까지 맞았다. 온갖 욕설
을 엄마와 진성에게 퍼부었다.

"도둑새끼를 들였어. 너도 혹시 도둑년 아니야? 돈을 빼 돌렸
지? 그렇지?"

그래도 새 아버지는 엄마에게 손찌검하지는 않았다. 대신 물건
이 마당으로 날아갔다. 그 때 형은 진성 입에서 무슨 말이 나올
까 봐 쏘아보고 입을 꼭 다물라는 시늉을 했다. 진성은 그 길로
집을 나왔다. 엄마를 위해 그래야겠다는 생각이 들었다. 그때가
중학교 2학년 가을이었다고 했다. 그 후로 지금까지 진성은 엄마
와 연락하지 않고 살고 있었다.

다음 날도 슬하는 아침 7시 전에 병원에 도착했다. 병실은 부
산스러웠다. 세수하는 사람, 침대에 딸린 밥상을 펴는 사람. 병실
에 달린 화장실 앞에서 대기하는 사람까지 있었다. 아벨은 침대
에 얌전히 앉아서 슬하를 맞이했다. 아벨 앞에 밥상도 펴져 있었
고 물병도 올려져 있었다.

"어! 카인 씨 왔다 갔어요?"

"내가 도와주었어요. 문신 총각이 부탁해서. 세수까지 시켜 줬는데."

옆에 있는 환자 엄마인 듯한 보호자가 눈을 찡긋하며 슬하를 보며 웃었다.

"아 아주머니!"

진성이 소리 질렀다. 진성의 얼굴이 금세 벌겋게 되었다.

슬하는 아벨을 보며 웃었다. 아벨이 부끄러운지 고개를 숙이자 장미 문신이 꺾였다. 얼굴에 묻은 덜 닦은 물방울이 목으로 흘러내려 장미 송이에 앉았다. 순간 슬하는 그 장면을 사진에 담고 싶었다.

"저, 내가 사진 한 장 찍어도 될까요? 장미 문신에 있는 물방울과 장미가 너무 잘 어울려서요."

모두의 시선이 아벨에게 쏠렸다. 무언의 허락을 하듯 아벨은 가만히 있었다. 슬하는 핸드폰으로 아벨의 장미를 사진에 담았다.

"얼굴을 옆으로 조금만 돌려줄래요?, 좀 더 좀 더. 오케이!"

슬하는 이쪽저쪽 왔다 갔다 하며 핸드폰 셔터를 눌러댔다. 장미 꽃잎에 물방을 좀 더 많이 뿌려 이슬처럼 보이게 했다. 처음에는 목에 있는 장미 문신만 사진으로 담으려 했다. 하지만 욕심이 생겼다. 이왕 허락받은 김에 아벨의 팔과 몸에 새겨진 문신을 사진으로 담고 싶었다.

"아벨씨 혹시 환자복 윗도리 벗어 볼 수 있어요? 부끄러운가?"

아벨은 놀라서 주위를 둘러보았다.

"문신 총각, 벗어 봐요. 우리에게 보여 줬잖아."

병실에 있는 사람들이 너도나도 협박하듯 밀어부쳤다. 나이가 지긋한 간병인 아줌마는 직접 아벨의 옷을 벗기려고 다가왔다. 아벨은 할 수 없다는 듯 소리쳤다.

"아 알았어요."

그 아줌마가 아벨의 윗도리를 벗겼다. 아벨은 얌전히 앉아 있었다. 아벨의 등과 가슴의 문신은 더 화려했다. 등은 한쪽은 회색 날개, 한쪽은 검은 색의 날개가 펼쳐져 있었다. 팔뚝은 호랑이와 용이, 가슴은 물고기가 헤엄치고 있었다. 일괄성있는 문신이 아니었다. 아줌마는 신이 나서 다리 허벅지까지 보이게 환자복을 올려 주었다. 다리는 흑백으로 다양한 꽃무늬와 인도의 만다라 도안이 그려져 있었다. 배꼽 밑으로는 볼 수 없어서 슬하가 물었다.

"저기, 엉덩이에도 혹시 문신했어요?"
"네. 손오공과 사오정..."

옆에 있던 다른 병실에서 온 꼬마가 보고 싶다고 아벨에게 달려들어 바지를 벗겨 보려고 했다. 아벨은 놀라서 침대에 드러누웠다. 모두 웃었다.
　슬하는 다양한 소품을 이용해서 장미와 팔과 등, 가슴 문신의 사진을 찍었다. 진짜 하얀 장미를 사 와서 붉은 문신 장미에 대비시켜 사진을 찍기도 하고, 진짜 안개꽃을 장미 문신 주위에 붙이기도 하며 셔터를 눌러댔다. 사실 슬하는 대학에서 미술 전공하면서 사진 수업까지 들어서 사진 찍는 것에도 베테랑이었다. 슬하가 병실에 들락 거린 지가 하루가 이틀이 되고 일주일을 넘기고 있었다. 길고 지루한 병실이 갑자기 영화 촬영장소라도 된 것처럼 사람들로 북적였다. 아벨은 연신 웃고 있었다. 처음에 웃통을 벗어달라고 요구했을 때 부끄러워 어쩔 줄 몰라 하던 아벨이 아니었다. 슬하도 옛날 하고 싶었던 일에 간을 보듯 즐기고 있었다. 보호자와 환자들은 기꺼이 소품 되기를 마다하지 않았다. 아벨의 친구 카인이 엄마 혼자 살고 있는 집 방 하나를 기꺼이 빌려주었다. 아벨은 하루가 다르게 좋아지고 있었다. 슬하는 아벨에게 앞으로 무엇을 하고 싶은지 물었다.

"일터로 돌아가기는 어려울 것 같은데, 뭘 했으면 좋겠어?"
"옛날부터 타투이스트가 되고 싶었어요. 할 수 있을까요?"

아벨이 얼마 동안은 휠체어에 몸을 의지해야 하는 터라 일터로 복귀는 어려웠다. 아벨의 더듬거리던 말이 완전하지는 않지만 많이 돌아왔다. 아직은 입에 침이 고여 있는 듯, 구슬을 입에 물고 있는 것처럼 말했지만 듣기에 그렇게 부담스럽지 않았다. 슬하는 아벨의 말을 새겨들었다. 슬하는 바로 타투이스트에 대해 인터넷으로 알아보았다. 인터넷에는 매력적인 타투 사진이 넘쳐났다. 슬하 자신도 무엇을 해야 할지 정하지 못했지만, 무엇인가 새로운 일에 도전하고 싶기도 했다. 더구나 타투는 그림의 일종이라는 생각이 들었다. 자신도 잘할 수 있을 것 같았다. 배우고 싶었다. 거동이 불편한 아벨을 위해 직접 가르쳐 주고 싶기도 했다.
　서울에 타투로 유명한 숍이 몇 군데 있어 찾아다니며 타투 배울 의사를 밝혔다. 사실 타투 연습은 슬하에게 식은 죽 먹기처럼 쉬웠다. 한 달도 안 되어 슬하는 전문가처럼 실력이 늘었다. 타투에 대해서 전혀 아는 것이 없었는데 이제 타투의 매력에 본인이 빠지고 있었다. 고무판에 하는 타투 연습도 슬하에게 어렵지 않았다. 대학시절 판화를 많이 다루어 본 경험이 슬하에게는 큰 이점이 되었다. 그림에 소질 있는 슬하에게 타투의 모든 것이 슬하에게 그 세계로 빨리 들어오라고 손짓하고 있었다. 돈을 벌고 싶다는 게 우선순위가 아니었다. 사실 금방 생활비를 충당할 만큼 돈이 될 것 같지는 않았다. 아벨에게 조금이라도 도움이 되고 싶은 마음이 먼저였다. 타투 선생은 슬하의 남다른 실력에 함께 일했으면 했다. 옛날에는 야매로 하던 타투가 이제는 협회도 생기고 공인 국가자격증 시험까지 생겼다. 물론 야매로 하는 가게가 더 많았다. 타투에 대해 알아갈수록 슬하의 열정도 높아져 갔다. 슬하는 자신의 불행한 운명에 침체하여 우울할 시간이 없었다. 엘리스가 토끼를 따라가듯, 운명이 손짓하는 대로 따라가고 있었다. 슬하는 아벨이 퇴원할 때쯤 타투 숍을 열어도 될 정도의 실력이 되었다.

전세 들어 사는 카인의 어머니 집에 지금은 사용하지 않는 과일창고가 슬기 눈에 들어왔다. 카인에게 넌지시 말을 건네 보았다. 카인은 슬기보다 더 들떠서 소리 지르며 좋아했다.

"그냥 쓰세요. 쥐만 들락거리는 창고니까요."

슬기는 타투 숍을 겸한 카페를 계획했다. 대문을 허는 일, 창고 외벽을 페인트칠하는 일 등 모든 잡일을 카인이 해 주었다. 카페를 위한 집기들을 들여오는 일도 카인이 맡았다. 중고로 나오는 테이블과 의자를 정말 헐값에 가지고 왔다. 옛날 회사에서 자투리 천을 얻어 와서 소파와 테이블을 옷감으로 싸니 새것이 되었다. 커튼은 옛날 슬하의 회사 사장이 선물로 해 주었다. 모든 인테리어에 돈이 거의 들지 않았다.

실내장식은 아벨이 병원에 있을 때 아벨의 몸에 있는 타투를 찍어 놓은 사진을 크게 액자를 만들어 걸어 놓았다. 카페 이름은 '아벨의 문신'으로 했다. 한 가지 문제는 카페가 바닷가 근처이긴 하지만 바닷가를 전혀 볼 수 없는 장소에 있다는 것이다. 그것도 골목 끝, 막다른 길 끝에. 슬하는 그래도 큰 걱정이 되지는 않았다. 돈을 벌겠다는 큰 기대보다는 슬하가 지금 할 수 있는 일을 받아들이고 나아가 보자는 생각밖에 없었다. 카페가 안 되면 아벨을 위한 작업실로 사용하면 되겠지, 쉽게 생각하려고 했다. 그런데 겁 없이 뛰어들어 보니 뜻하지 않게 길이 보였다. 마치 어슬렁거리다 피곤해서 길에 떨어진 막대기를 잡고 지팡이로 삼아 의지해서 앞으로 더 나아가는 것처럼.

슬하는 어떤 도움의 손길이 주위에 대기하고 있는 듯 모든 일이 쉽게 풀리는 것 같아 조금 불안했다. 사실 슬하는 무엇인가 잘될 때 불안해지는 트라우마가 생겼다. 무언가 계획대로 되면 불안한 생각이 먼저 들었다. 하지만 지금은 더 나빠질 일도 없었다. 슬하는 부정적인 생각을 자꾸 누르며 앞으로 한 발짝씩 나가고 있었다.

카페가 거의 완성되어갈 때 아벨이 퇴원했다. 병원에 입원하고 거의 6개월 만에 병원 문을 나섰다. 아벨은 카인의 집에 비어 있는 방에 거처를 마련했다. 슬하의 옆방이었다. 아벨은 마무리 되어 가는 카페를 보며 의심스러운 눈으로 바라보았다.

"이 구석에서 무슨 카페를?"

"그러게. 무식하면 용감하다고 내가 딱 그래. 가겟세도 안 나가는데 무슨 걱정. 카인 씨 나중에 거실로 사용해도 되겠네요."

"네. 거실 만들어 줘서 고맙습니다."

슬하가 보기에 실내 장식이 아주 빈약해 보였다. 아벨이 자신의 사진을 보고 있는 뒷모습을 슬하가 한참을 보다가 문득 아이디어가 떠올랐다. 슬하가 물었다.

"너의 몸에 보디페인팅해 줄까? 몸의 문신을 다 지워 줄 수도 있어."

슬하는 욕심이 생겼다. 온몸의 문신을 보디페인팅을 이용해서 예술로 승화시켜 보고 싶어졌다.

"재미있겠는데요. 궁금해요. 내 몸이 어떻게 변할지."

슬하는 아벨의 얼굴까지 장미 줄기가 뻗어 나가도록 보디페인팅을 시도해 보았다. 나쁘지 않았다. 무엇보다 아벨이 환호성을 지를 만큼 좋아했고 열의를 보였다. 목욕까지 거부할 만큼 오래 보고 싶어 했다. 얼굴과 몸은 때로는 나무가 되고 숲이 되고 바다가 되고 하늘이 되었다. 얼굴과 상반신의 모든 보디페인팅은 장미 문신의 소품이 되었다. 슬하는 장미 문신을 특히 좋았다.

장미 문신은 아벨 자신이 되어 슬하의 손끝에서 세계와 우주를 유영하고 있었다. 슬하는 그 모든 것을 사진으로 남겼다.

아벨은 보디페인팅 할 동안 붓이 자기 몸에 닿는 것을 좋아했다. 붓이 몸을 스치고 지나갈 때 아벨은 경직되고 감각이 없는 아랫도리까지 찌릿한 느낌이 살아나는 듯 몸을 부르르 떨기도 했다. 아벨은 슬하가 움직이는 동선을 쫓아가며 그녀의 움직임 하나하나 놓치지 않고 바라보는 것이 큰 낙이 되었다.

"누나! 그림 진짜 잘 그리네요."
"나 이대 나온 여자는 아니라도 미대 나온 여자야!"

아벨의 친구 카인은 연신 감탄사를 뱉어냈다. 누나 짱이라며 엄지손가락을 들고 흔들어 댔다. 벽에 아벨의 보디페인팅 사진으로 다시 설치되었다. 미술관인지 타투 숍인지 카페인지 규정짓기가 쉽지 않은 장소가 되었다.

아벨은 카페에 걸린 자신의 사진을 보고 있는 것을 좋아했다. 눈, 귀, 코, 입술이 장미의 줄기가 되고 잎이 된 보디페인팅 사진 앞에 몇 시간 씩 앉아 있기도 했다. 특히 많은 장미꽃송이 사이에 함께 있는 자신의 장미문신을 좋아했다. 어느 것이 문신인지 알아보지 못하는 그림이었다.

"저 그림 속에 나는 없어요. 그래서 좋아요. 나는 없는 사람처럼 살면 잘 살 수 있을 거라 생각했어요. 없는 사람처럼 살기도 쉽지 않았어요. 저 장미들 중에 하나쯤 없어도 아름답겠죠."

"그렇지 않아. 아름답지 않을 걸. 너 때문에 저 장미들이 생긴 거야. 너 때문에 태어난 애들이지. 너 때문에 나도 여기 있고."

"그러니까요. 나는 그게 너무 싫어요. 한 사람의 인생을 내가 말아먹고 있다는 생각이 들어요."

"아니야, 아벨! 네가 내 인생에 들어와 줘서 정말 고마운데. 제발 내말 좀 믿어줘. 너의 장미문신은 내 가슴에 새겨진 불꽃이야."

슬하는 사진을 sns에 매일 올렸다. 제주도 토박이인 카인을 이용해 여기저기 소문을 내었다. 더구나 카페 이름도 독특해서 카페는 해괴한 소문부터 미담 섞인 이야기까지 소문에 소문이 꼬리를 물고 사람들 입에 오르내리고 있었다. 동네 청소년들, 심지어 동네 노인들까지 카페를 의심스러운 눈으로 들어왔다가 벽에 걸린 보디페인팅 사진을 보고 감탄했다. 진짜 눈, 코, 입, 귀, 눈썹을 누가 빨리 찾나 시합까지 하는 청소년들도 있었다. 또 슬하의 입담에 유쾌한 시간을 보내고 다시 오겠다는 말을 꼭 남기고 갔다. 슬하는 빠르게 외딴 섬 외딴 곳에서 판타지 섬의 매력적인 마담이 되어가고 있었다. 카페는 오후1시부터 저녁 8시까지만 열었다. 원래 목적인 아벨의 타투이스트 만들기 교육을 오전에 했다. 카인도 합세했다. 저녁에는 웨이터 일을 나가야해서 그런지 카인은 오전에 일어나기 힘들어 했다.

'아벨의 장미'

슬하의 카페이름이 왜 하필 형 카인에게 맞아 죽은 아벨의 이

름을 붙였는지 묻는 사람들이 있었다. 슬하는 주저 없이 이유를
설명해 주었다. 그래야 약간의 동정표를 얻어 카페와 타투 숍을
알릴 수 있기 때문이었다.

아벨이 중학생 이었을 때 엄마와 함께 교회에 다녔었다. 성경
공부할 때 형에게 맞아 죽은 아벨이 본인 같다는 생각을 했다고
했다. 클럽에서 필명을 정할 때 아벨이라는 이름이 제일먼저 생
각나서 지었다는 것이다. 클럽에서 일할 때 이외로 사람들이 아
벨이라는 이름과 유난히 하얀 얼굴과 문신이 잘 어울린다는 이
야기를 많이 했다고, 그 이름을 잘 잊어버리지 않고 찾아주는 손
님도 있었다고 자랑까지 했다. 그 때 처음 만났던 카인이 자기는
카인으로 하겠다고 해서 둘은 단짝이 되었다고 했다.

타투 연습은 턱없이 느렸다. 카인은 아예 소질이 없어 보였다.
아벨은 손이 완전이 자유자제로 움직이는 상태가 아니라 힘들어
했다. 아벨은 땀을 뻘뻘 흘리며 혼신의 힘을 솥아 붓고 있었다.
시간이 갈수록 아벨의 손놀림도 좋아지고 있었다. 고무판에 세심
하게 선을 긋고 점을 찍고 색을 입히는 모든 작업이 아벨에게는
뜻하지 않게 좋은 재활운동이 되었다. 이제는 문신을 숨기기 위
해 목까지 오는 셔츠를 입지도 않았다. 오히려 아벨의 문신이라
는 카페 이름에 어울리게 몸을 드러내고 있어야한다고 생각하는
듯 노출을 즐기고 있었다.

슬하와 아벨이 함께 지낸지 일 년 반이 넘어 가고 있었다. 슬하
의 인생 계획에서는 많이 엇나갔지만 계획에도 꿈에서 생각 못한
어린 남자의 뒷바라지와 타투이스트에 카페까지 일 년 반 만에

모든 것이 너무나 극적으로 바뀌었다.

일 년 피나는 타투 연습으로 아벨의 실력도 많이 늘었다. 눈썹과 팔뚝이나, 팔목, 발 정도에 하는 작은 타투는 아벨이 직접 할 수 있는 정도까지 실력이 되었다. '아벨의 문신'은 아벨이 다니던 클럽과 주위 클럽 웨이터들의 단골 타투 숍이 되었다. 카페도 단골손님이 생겼다. 아벨은 이제 절뚝거리며 걸을 수 있게 되었다. 아벨은 바리스타 자격증도 땄다.

갑자기 닥쳐온 회오리바람에 모든 것이 휩쓸려 나가고 황폐한 황야에 혼자 떨어진 순간이 있었다. 아벨이라는 아이의 근심 덩어리가 큰 돌덩이처럼 앞을 가로 막고 있기도 했다. 슬하는 친구들 만류와 엄마의 회유에도 슬하가 해야 한다고 생각하는 일에 매달리기로 결심했을 때가 생각났다. 아벨과 함께한 일 년 반 동안 슬하는 황야를 개척한 무법자로 살았다고 해도 과언은 아니었다. 아벨은 슬하가 고맙기도 했지만 이제는 미안한 마음이 더 컸다.

"이제 떠나세요. 왜 이렇게 사서 고생하는 거예요?"

"나 힘들지 않았어. 인생이 이렇게 완전히 바뀔 수도 있구나 생각하면 참 아이러니하기도 해. 마치 내가 운명과 싸워 이긴 느낌이랄까. 뭐 그런 희열도 있어."

"내가 미안해서 그래요. 이렇게 시골구석에서 살 사람이 아닌데."

"내가 뭐 대단한 사람이라고. 그리고 아벨! 남 생각하지 마. 너 생각만 해. 이제 그래도 돼. 그냥 지금 이 순간 옆에 있으면 좋겠다는 사람이 옆에 있으면 그냥 감사한 일이구나하고 생각하면 되는 거야. 조금은 이기적으로 살아. 아무도 널 가지고 뭐라 하지 않아."

"내가 싫어요. 책임감 때문에 내 옆에 있는 거잖아요."

"그래! 맞아 책임감이었지. 하지만 지금은 아니야."

처음에는 그랬다. 벗어나고 싶었다. 슬하 자신이 책임져야 할 일은 아니라고 몇 번을 다짐하며 떠날 궁리를 했었다. 머뭇거리다 시간은 흘러갔고 익숙해지고 견딜만했고 이제는 생활이 되었다. 언제 이곳을 벗어날지 슬하도 알 수 없었다. 아직은 벗어나고 싶지 않았다. 그렇다고 여기에 완전히 정착하고 싶은 생각도 없었다. 아직은 무엇을 하고 싶은지 찾지 못하고 있을 뿐이었다.

어느 날 전화가 한 통 걸려왔다.

"저기 여기 제주시청인데요. 아벨의 문신 보디페인팅하신 분이신가요?"

"네 전데요. 올 가을에 제주도에 큰 축제가 있는데요. 혹시 보디페인팅 하는 것 시연과 카페에 있는 사진 전시 좀 해 줄 수 있어요? 해외에서도 보디페인팅 미술가가 오는데요. 제주도에 사장님만 계시더라고요."

슬하의 가슴이 뛰었다.